KB059042

맞선 보고 싶지 않아서

억지스러운 조건을 달았더니

동급생이 온 일에 대해서

4

타카세가와 유즈루

유키시로 아리사

다시 한번, 부탁할 수 있을까요?
……이번에는 자세를 바꿔서.

유즈루 씨를 좋아하는
여자가, 약혼자가
수영복을 입고 있다고요?

……뭔가 해야만 하는 말,
있잖아요?

난 행복한 사람이야. 이렇게나 예쁘고 귀엽고,
요리도 잘하는 사람과 결혼할 수 있다니.

저도…… 행복해요.

유즈루 씨……
이쪽을, 봐주지 않을래요?

유즈루의 등에 부드러운 것이 닿았다.
아리사가 뒤에서 끌어안은 것이었다.

맞선 보고 싶지 않아서
억지스러운 조건을 달았더니

동급생이 온 일에 대해서

사쿠라기사쿠라
일러스트
clear

story by sakuragisakura
illustration by clear

4

커버 및 본문 일러스트_ Clear

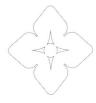

Contents

story by sakuragisakura
illustration by clear
designed by AFTERGLOW

제1장

'약혼자'와 꽃놀이

　3월 하순.

　화이트데이 다음 일요일.

　"……실례합니다. 유즈루 씨."

　"응, 들어와."

　이제까지와 변함없이, 아리사는 유즈루의 방으로 찾아왔다.

　이전과 다름없는 분위기로 대응하는 유즈루와 달리, 아리사는 어딘가 안절부절못하는 모습이었다.

　"……왜 그래? 아리사. 무슨 신경 쓰이는 일이라도?"

　차분하지 못한 분위기로 앉는 아리사에게 커피를 내며 유즈루는 그렇게 물었다.

　그러자 아리사는 어렴풋이 뺨을 붉히고 아마포색 머리카락을 만지작거리며 대답했다.

　"그, 그게…… 저희, 정말로 약혼자가 된 거죠? 그러니까, 연인이."

　"어? 어, 어어…… 뭐, 그러네. 연인이 되고 첫 데이트, 그런 건가?"

　집에서 만나는 것을 데이트에 포함할 수 있다면, 오늘은 기념해야 할 날이었다.

다만 그다지 그런 생각이 없었던 유즈루는 아무것도 준비하지 않았다.

"……기념으로 제대로 된 데이트를 하고 싶었어?"

"어, 아뇨. 딱히 그런 건 전혀 아니지만요……."

조금 걱정이 된 유즈루의 물음에 아리사는 당황한 듯 손을 내저으며 부정했다.

"그게…… 연인이 된 만큼 뭔가 변하는 걸까 싶어서…… 조금요."

"어…… 그렇구나."

유즈루는 무심코 쓴웃음 지었다.

이제까지 유즈루와 아리사는 가짜 '약혼자'였다.

하지만 지금은 명실상부한 진짜 약혼자, 그리고 연인 사이다.

……하지만 지금은 그저 직함이 바뀌었을 뿐이다.

실제로 이렇게 서로 마음을 전하고 정식으로 교제를 시작하기 전부터, 유즈루와 아리사는 충분히 연인다운 일을 했다.

실상은 현재 아무것도 바뀌지 않았다.

"평범한 연인은…… 뭘 하는 걸까요?"

"뭘 한다니…… 손을 잡거나?"

"이미, 했어요."

"뭐, 그러네."

처음으로 손을 잡은 것은 언제였는지, 유즈루는 기억나지 않았다.

여름 축제 날, 자연스러운 느낌으로 손을 잡은 것과…….

정월에 유즈루 쪽에서 적극적으로 아리사의 손을 원했던 것은 기억한다.

'허그……도 이미 했구나.'

크리스마스 때에 아리사를 끌어안은 것을, 유즈루는 떠올렸다.

무척 따뜻하고 부드러웠던 것을 기억하고 있었다.

손잡기, 포옹 다음은…….

"……키스, 라든지."

툭하니 아리사가 중얼거렸다.

그리고 곧바로 아리사는 자신의 입을 막았다.

한순간에 얼굴이 새빨갛게 물들었다.

"아, 아니, 지금 그건, 그게…… 예, 예를 들자면 말이죠, 그게, 하고 싶다든지, 그런 게…….."

허둥지둥 자신의 발언을 부정하는 아리사.

그런 아리사에게, 어렴풋이 뺨을 붉힌 유즈루는 물었다.

"……하는 건 싫어?"

"아, 아니, 그게…….."

"나는 할 수 있다면, 하고 싶다고 생각해."

유즈루는 그러면서 아리사의 손을 붙잡았다.

그리고 가만히 아리사의 얼굴을 바라봤다.

똑바로 자신을 바라보는 푸른 눈동자에, 아리사는 긴 속눈썹 안쪽에서 빛나는 비취색 눈동자를 살짝 피했다.

조금 고개를 숙이며 부끄러운 듯 시선을 헤맸다.

"그, 그게…… 그런 건, 아닌데요……."

"어느 쪽이야?"

유즈루는 양손에 더욱 힘을 실었다.

한편 유즈루가 다가오자 아리사는 도망칠 길을 찾듯이 시선을 헤맸지만…….

유즈루에게 양손을 붙잡힌 이상, 도망칠 길은 없었다.

"…………."

아리사는 가냘픈 표정으로 살며시 시선을 들었다.

그렇게 유즈루를 올려다보며 매끄러운 그 입술을 움직였다.

"하, 하고, 싶어요……."

두 사람은 가만히 마주 봤다.

무척 부끄럽고, 간질간질하고, 눈을 돌려 피하고 싶었지만…… 어찌 된 영문인지 서로의 눈동자에서 시선을 돌릴 수가 없었다.

침묵이 그 자리를 지배했다.

시간을 새기는 것은 서로 격렬하게 뛰는 심장의 고동뿐이었다.

"……해도 될까?"

먼저 입을 연 것은 유즈루였다.

그 물음에 아리사는…… 말이 없었다.

유즈루는 천천히 아리사에게 얼굴을 가져다 댔다.

매끄러운 그 입술에, 자신의 입을 대고…….

그 직전에, 유즈루는 움직임을 멈추었다.

아리사가 양손으로 유즈루의 가슴을 살짝 밀어냈기 때문이었다.

무척 약해서 힘은 전혀 실리지 않았지만…….

그것은 거절의 의사표시였다.

"……싫었어?"

걱정이 된 유즈루는 아리사에게 물었다.

한편 아리사는 얼굴을 새빨갛게 물들인 채, 고개를 가로저었다.

"아, 아뇨 싫은 게 아니에요. 싫은 건, 아니지만……."

"아니지만?"

아리사는 살짝 고개를 숙이고, 아마포색 앞머리 너머로 유즈루를 올려다보며 대답했다.

"부, 부끄러워서……."

아리사는 그러면서 새빨갛게 물든 얼굴을 양손으로 가리고 부들부들 떨었다.

그런 아리사의 태도에 유즈루는 무심코, 중얼거렸다.

"……귀여워."

"후에?!"

"아, 아니, 아무것도 아냐."

무심코 흘리고 만 감상을 얼버무리며 유즈루는 내심 안도의 한숨을 내쉬었다.

적어도 아리사가 유즈루를 혐오하거나, 성적인 접촉에 과도한 공포심을 품은 것은 아닌 듯했다.

"뭐, 그런가. ⋯⋯부끄러운, 건가. 그러네, 응."

유즈루는 아리사의 대답에 공감하듯 말했다.

유즈루 본인 역시 전혀 부끄럽지 않은 것은 아니지만⋯⋯ 그 이상으로 아리사와 맞닿고 싶다는 기분이 웃돌았다.

그렇지만 아리사의 의사를 꺾고서 억지로 일을 진행하는 것은 바라는 바가 아니었다.

그러니까 아리사가 유즈루를 배려해서, 혹은 미움을 받는 것이 무서워서 내키지도 않는데 유즈루의 키스에 응하는⋯⋯ 일이 없도록 아리사에게 공감을 나타낸 것이었다.

"저기, 시, 싫지는, 않다고요? 다만, 그게⋯⋯ 부, 부끄러워서⋯⋯."

한편 아리사는 둘러대듯이 변명처럼 그렇게 말했다.

유즈루의 기분을 살피는 것 같은, 그런 표정이었다.

그녀의 비취색 눈동자에는 불안과 공포의 기색이 드리워 있었다.

"응, 알고 있어. 괜찮아."

아리사의 불안을 걷어내듯 유즈루는 따뜻한 목소리로 그렇게 말했다.

그리고 다정하게 아리사의 머리를 쓰다듬었다.

그러자 안심했는지 눈빛이 황홀하게 녹아들었다.

아리사는 몸의 힘을 빼고 유즈루의 가슴팍에 기댔다.

"······조금씩, 나아가자. 시간은 아직 있으니까."

"예."

아리사는 유즈루의 옷을 꼬옥 붙잡으며 작은 목소리로 대답을 했다.

그리고 그대로 유즈루를 올려다보고······.

"그게, 연습······ 하지 않을래요?"

그런 제안을 했다. 유즈루는 무심코 되물었다.

"······연습?"

"아, 예."

아리사는 뺨을 붉히며 작게 끄덕였다.

"그게, 처음부터 입술은······ 부, 부끄러우니까······."

"그, 그렇구나."

유즈루는 뺨을 긁적이며 끄덕였다. 그리고 마음속으로 혼잣말했다.

'아, 너무 서둘렀구나······.'

냉정하게 생각해보면 보통은 조금 더 가벼운 스킨십부터 들어가는 법이다.

갑자기 키스로 끌고 간다면 거절당하는 것도 당연한 이야기였다.

'아, 안 되겠네······ 조금 여유가 없었어······.'

여유 있는 행동을 마음먹고, 그리고 실제로 여유를 가졌다고 생각했지만…….

실제로는 자신도 모르는 사이에 냉정한 판단력을 상실한 모양이었다.

요컨대 미경험 동정 무빙을 해버린 것이었다.

"유즈루 씨? 왜 그래요?"

대뜸 유즈루가 입을 다물자, 아리사가 말을 건넸다.

그에 유즈루는 정신을 차렸다.

"아니, 조금 생각할 게…… 연습이라는 건, 구체적으로는 어떤 느낌일까 싶어서."

황급히 유즈루는 얼버무렸다.

한편 아리사는 유즈루의 물음에 뺨을 물들인 채로 작게 대답했다.

"저기, 그게…… 처음에는 입술이 아닌 곳부터, 예를 들면, 그게…… 뺨이라든지."

반사적으로 유즈루는 아리사의 뺨으로 시선을 향했다.

희고 부드럽고 매끄럽다. 만지면 틀림없이 말랑말랑 부드러울 것이다.

"그런가. 그럼…… 뺨부터…….."

유즈루는 가능한 한 자연스럽게 아리사를 끌어안았다.

아리사는 그것을 받아들이듯 눈을 감았다.

그리고…….

"여, 역시 얼굴은 안 되겠어요!!"

아리사의 그런 말에 유즈루는 움직임을 멈췄다.

유즈루가 입술을 대려던 그 뺨은 붉은색으로 물들어 있었다.

부끄러운 듯 아리사는 몸을 피하고는, 금세 퍼뜩 놀란 표정으로 유즈루를 올려다봤다.

"아니, 그게…… 유즈루 씨가 싫다는 게 아니라……."

"괜찮아, 알고 있어."

아리사가 단순히 부끄러워하는 것뿐이라는 사실은 알고 있었다.

……그렇지 않다면 다시 일어설 자신이 유즈루에게는 없었다.

"입술이 상급자 대상이라면 뺨은 중급자 대상이라는 느낌이겠네."

"그, 그래요. 저희는 초보니까 처음에는 초보 대상인 곳부터 하죠."

과연 키스라는 일에 초보나 상급자가 있는지는 알 수 없었지만……

유즈루와 아리사 사이에는 그런 것으로 되었다.

"하지만 초보 대상의 키스라는 건…… 어떤 거지?"

"그건…… 으음……."

뺨과 입술 이외에 키스를 할 장소라니, 연애 경험이 적은 유즈루와 아리사로서는 바로 떠오르지 않았다.

두 사람은 으음 신음하며, 고민했지만……

"그러네. 이런 건, 어떨까?"

무언가를 떠올린 유즈루는 살며시 아리사의 손을 붙잡았다.

아리사는 어리둥절해서 고개를 갸웃거렸다.

"유즈루 씨?"

유즈루는 아리사에게 미소를 지은 뒤, 아리사의 하얀 손으로 시선을 향했다.

평소에 설거지 같은 집안일을 하는데도 불구하고, 아리사의 손에는 튼 자국 따위는 없이 무척 예뻤다.

제대로 짧게 다듬은 손톱도 매끈하게 빛나고 있었다.

가느다란 손가락에는 솜털 하나조차 나지 않았다.

약지에서는 유즈루가 선물한 은색 반지가 반짝였다.

매일 제대로 손질을 한다는 것이 엿보였다.

그렇게 하얀 눈처럼 신성한 소녀의 손등에……

"앗……"

유즈루는 살며시 입술을 댔다.

입술의 감촉에 아리사는 작게 목소리를 흘렸다.

"어때?"

"이거라면…… 괜찮아요."

아리사는 살며시 얼굴을 피하고, 한 손으로 가슴을 누르며 그렇게 말했다.

그리고 살며시 시선만을 유즈루에게 향했다.

"그게…… 다시 한번, 부탁할 수 있을까요? ……이번에는 자세를 바꿔서."

"자세를?"

아리사는 작게 끄덕이더니 살며시 일어섰다.

그리고 유즈루 쪽으로 손등을 내밀었다.

"그게, 이런 서…… 동경해서……."

"아…… 그렇구나."

유즈루는 일어서서 아리사를 바라봤다.

그러고는 한쪽 무릎을 꿇고 아리사의 손을 다정하게 잡았다.

그리고 입술을 아리사의 손등에, 댔다.

"어떠십니까?"

농담 같은 느낌으로 유즈루는 그렇게 물었다.

"……굉장히 좋아요."

아리사는 다른 한 손으로 가슴을 누르고 황홀한 표정으로 그렇게 대답했다.

녹아내리는 눈동자에, 쾌감으로 몸을 떠는 그 모습은 무척 선정적이었다.

유즈루는 그런 아리사를 바라보며 다시금 키스를 했다.

"으응……."

작은 숨결을 흘리고, 아리사는 몸을 살짝 비틀었다.

바들바들 다리를 떨고, 그리고 헤실헤실 무너지듯 쓰러졌다.

유즈루는 그런 아리사를 살며시 끌어안았다.

힘이 빠진 아리사를 부축해서 천천히 앉혔다.

아리사는 무릎을 꿇은 상태에서 살짝 다리를 벌린 자세로 앉았다.

몸에 힘이 빠져버린 모양이었다.

"……그렇게나 좋았어?"

고개를 숙이고서 떠는 아리사에게 유즈루는 물었다.

앞머리로 가려져서 표정은 볼 수 없지만, 머리카락 사이로 보이는 귀는 새빨갛게 물들어 있었다.

"……예."

양손으로 몸을 지탱하고 거친 호흡으로 아리사는 대답했다.

그리고 천천히 고개를 들었다.

"다음에 또, 부탁할게요."

"알았어 ……하지만, 그 전에 아리사도 해줘."

그러면서 유즈루는 손등을 내밀었다.

그러자 아리사는 작게 끄덕이더니 유즈루의 손을 살며시 붙잡았다.

그리고 천천히, 몸을 떨면서…….

살짝 입술을 댔다.

"어떤가요?"

"나쁘지는, 않으려나. ……너는?"

유즈루는 눈매를 가늘게 뜨고서 대답했다.

그렇지만 역시나 아리사처럼 몸에서 힘이 빠지지는 않았다.

나쁘지는 않지만…… 그렇다고 좋지도 않다는 것이 유즈루의 본심이었다.

"저도…… 나쁘지는 않아요."

무언가 생각했던 것과 다르나.

그런 말을 하고 싶다는 듯 아리사는 고개를 갸웃거리고 있었다.

누군가 해주는 것과 누군가에게 하는 것은, 당연하지만 느낌이 다른 듯했다.

손등 키스에 대해서는, 적어도 아리사는 누군가 해주는 것은 좋지만 하는 것은 좋지 않나 보다.

"뭐, 앞으로 계속 연습하자."

"그러네……요. 예, 저도 조사해 볼게요."

일단 키스 연습은 이것으로 끝났다.

아리사도 힘이 돌아왔는지 자세를 딱 바로잡았다.

"그런데 유즈루 씨. 이제 곧 벚꽃의 계절이잖아요."

갑자기 아리사는 화제를 바꾸었다. 유즈루도 그에 따르는 모양새로 맞장구를 쳤다.

"이미 피기 시작했지."

보기에 좋은 시기까지는 조금 더 시간이 걸릴지도 모르지만.

이미 드문드문 봉오리가 터지기 시작했다.

"봄방학, 꽃놀이를 가지 않을래요? ……둘이서."

드물게도 아리사가 먼저 데이트 권유를 했다.

꽈악, 아리사는 양손을 움켜쥐었다.

"맛있는 걸 만들게요."

"그건 고마워. 하지만……."

유즈루는 봄방학의 예정을 떠올리고 뺨을 긁적였다.

"안 되나요?"

"봄에는 예정이…… 가족끼리 해외여행을 갈 예정이 있어서 말이지."

매년 봄방학 시기에는 가족끼리 해외여행을 가는 것이 타카세가와 집안의 연례 행사였다.

이미 항공권과 호텔 수배는 마쳤기에, 그것을 취소할 수는 없었다.

게다가 아리사와 지내는 시간도 소중하지만, 가족과 함께 있는 시간도 소홀히 할 수는 없었다.

"그런, 가요…… 그렇다면 어쩔 수 없네요……."

아리사는 시무룩하게 어깨를 떨어뜨렸다.

사실은 유즈루 쪽에서 봄방학에는 예정이 있다는 사실을 이야기하고, 데이트는 할 수 없다는 뜻을 전할 생각이었는데…….

불가항력이라지만 아리사의 권유를 거절한다는 모양새가 되어버려서, 조금 상처를 주고 말았다는 사실을 유즈루는 반성했다.

"뭐, 봄방학 중에 계속 해외에 있는 건 아니니까…… 시작이랑 끝 쪽의 날이라면, 비울 수 있어."

"……아뇨, 그것도 준비가 필요하잖아요? 돌아온 다음 틀림없이 피곤할 거예요. 억지로 권유할 수는 없어요."

아리사는 그러면서 고개를 가로저었다.

유즈루를 배려히는 행동인 건 분명하지만, 아리사와 꽃놀이를 가고 싶다는 기분도 있는 유즈루로서는 조금 아쉬웠다.

"아니 뭐, 꽃놀이 정도라면 그렇게……."

"4월에 가는 걸로 해요. 유즈루 씨가 돌아온 다음에. 만전의 상태로."

아리사의 제안을 유즈루는 받아들였다.

"응, 그게 좋겠네."

벚꽃은 도망가지 않는다…….

사실은 그렇지도 않고 시기에는 한도가 있지만, 꼭 봄방학에만 꽃놀이를 갈 수 있는 것은 아니다.

"그건 그렇고 여행……인가요. 어디로 가나요?"

"이번에는 뉴칼레도니아로."

"……호오. 아마도 프랑스였죠?"

"뭐, 일단은……. 프랑스 여행을 가냐고 그러면 미묘하지만."

뉴칼레도니아란 멜라네시아에 위치한, 프랑스의 해외 영토다.

"……그럼, 쓸쓸하니까 전화를 해줄래요? 잠깐이면 되니까요."

아리사의 귀여운 요구에 유즈루는 끄덕였다.

"알았어. ……나도 쓸쓸하니까. 게다가 네 목소리도 듣고 싶어."

"후후……."

유즈루의 말에 아리사는 작게 웃었다.

그리고 새끼손가락을 내밀었다.

"약속, 이니까요."

"그래, 약속이야."

살며시, 유즈루와 아리사는 손가락을 걸었다.

※

"있지있지, 오빠! 어때, 어울려?"

유즈루의 눈앞에서 래시가드를 벗고 빙글 도는 것은, 아름다운 흑발, 그리고 비칠 듯이 맑고 파란 눈동자의 소녀였다.

핑크색 귀여운 비키니에 스커트를 두르고 있었다.

기억보다도 발육이 좋아진, 다음 달에 중학교 3학년이 되는 여동생——타카세가와 아유미——의 물음에, 유즈루는 살짝 붙임성 있는 미소를 지으며 대답했다.

"잘 어울려."

본심 반, 사교적 멘트 반으로 유즈루가 그렇게 대답하자 아유미는 양손으로 몸을 가렸다.

"어어─, 오빠 야해!"

"그럼 안 어울려."

"어어─, 오빠 너무해!"

"그럼 뭐라고 말하면 되는데."

"아하하하하."

무엇이 즐거운지 깔깔깔 폭소하는 아유미.

리조트 기분도 있어서 그런지 들뜬 모습이었다.

그런 부분은 아직 어린애구나, 그렇게 유즈루는 본인 생각도 않고 끄덕였다.

……잔뜩 들뜬 아유미에게 어울려 줄 만큼, 유즈루도 기분이 좋았으니까.

"맑아서 다행이야."

"그러네─."

유즈루와 아유미는 눈앞에 펼쳐진, 아름다운 바다로 시선을 향했다.

굳이 설명할 필요도 없었다.

그림으로 그린 것 같은 남국의 휴양지였다.

"일본은 아직 추우니까…… 돌아가고 싶지 않네─."

"그런 소리 하기는. 어차피 일주일만 있으면 빨리 일본으로 돌아가고 싶다고 할 거잖아? 너 항상 그래."

"이번에는 아닌걸!"

"그건 다행이네. 떼를 쓰진 말아줘."

"그럴 나이 아니니까!"

그렇게 주장하는 아유미의 말은 거짓이 아니었다.

적어도 작년에는 "돌아가고 싶다"라고 말해서 부모님을 곤란하게 만든 적은 없었다.

다만 재작년에는 잔뜩 떼를 썼지만.

"아…… 그렇지."

일본으로 돌아가고 싶다.

그런 이야기를 꺼낸 참에 유즈루는 문득 떠올라서…….

수영복 주머니에 들어 있던 휴대전화를 꺼냈다.

"사진 찍게? 별일이네."

"아리사한테 보낼까 싶어서."

"아―……."

아유미가 납득한 목소리를 흘렸다.

얼굴에는 어이없다는 심정과 놀리려는 기색이 어려 있었다.

유즈루는 그런 아유미의 태도에 코웃음을 치며 사진을 몇 장 찍었다.

그리고 그때…….

"있지있지, 오빠. 나도 찍어줘!"

아유미는 손가락으로 브이를 그리며 휴대전화 앞으로 나왔다.

생글생글 만면의 미소를 짓고 있었다.

"인스타에 올릴 거니까."

"……뭐, 그건 괜찮은데. 개인정보에는 주의해."

"나도 알아, 알아."

찰칵, 찰칵 유즈루는 사진을 찍었다.

처음에 아유미는 그저 브이만 그렸지만, 기분이 들떴는지 마치 모델처럼 대담한 포즈를 취하기 시작했다.

"어때, 오빠. 섹시해?"

"예예, 섹시해, 섹시해."

"정말로 그렇게 생각해?"

그런 대화.

그리고 아유미는 자신의 휴대전화도 꺼냈다.

"오빠도 같이 찍자."

"딱히 상관은 없지만…… 인터넷에 올리진 말아줘. 그런 건 별로 취향이 아니야."

"안다니까. 친구한테 보여주는 것뿐이니까."

"……내 사진을?"

"귀여운 동생이 자랑스러운 오빠를 과시하는 거야. 딱히 이상한 것도 아니잖아?"

그러면서 아유미는 싱긋 웃었다.

그 표정은 조금 전까지의 천진난만한 미소와는 조금 분위기가 달랐다.

'허어…… 그렇구나.'

이렇게 보여도, 라고 해야 할까, 그래도 보다시피라고

해야 할까.

타카세가와 아유미라는 소녀는 중학교에서는 여왕님으로 군림하고 있다……는 모양이다.

아무래도 '멋있는 오빠의 사진'은 여왕님에게는 권력 과시의 도구 중 하나인 듯했다.

여성향 연애물에 나오는 악역 같은 행동을 하시진 않는다면 유즈루로서는 딱히 할 말은 없었다.

유즈루는 아유미의 셀카에 어울려 주기로 했다.

찰칵찰칵 익숙한 솜씨로 사진을 찍는 아유미.

"그렇지, 그리고 아버지랑 어머니도……."

그러면서 아유미는 자신의 부모님도 부르려고 두 사람이 있는 곳으로 향했다.

하지만 금세 입을 다물어 버렸다.

그도 그럴 것이…….

"정말이지, 카즈야 씨도 참 야하다니까―."

"나는 평범하게 바르는 것뿐이잖아? 나쁜 건 너라고."

알콩달콩, 서로 선 오일을 발라주는 타카세가와 카즈야와 타카세가와 사요리의 모습이 그곳에 있었다.

비치파라솔 아래에서, 아이들의 시선을 신경 쓰지 않고, 알콩달콩하고 있었다.

'하지만 잘도 뭐, 저 나이에 저런 대담한 수영복을 입으려고 하는구나…….'

아유미는 물론이고 작년에 본 아리사의 수영복 이상으

로 '섹시'한 수영복을 소화하고 있는 어머니를 상대로, 유즈루는 어이없어해야 할지 존경해야 할지 알 수가 없었다.

"……방해하긴 좀 그러네."

"뭐, 그러게."

다행히도 이 해변은 현재 전세를 낸 상태.

유즈루와 아유미가 방해하지 않는다면 두 사람의 세계가 망가질 걱정은 없다.

아이들한테 손이 덜 가게 되면서 두 번째 봄을 만끽하고 있는 부모님을 굳이 방해할 만큼 두 사람은 눈치가 없지 않았다.

"동생이라도 생긴다면 상속받을 재산이 줄어드니까, 그러진 않았으면 좋겠는데—."

"아무리 그래도 새삼스럽게 생기진 않겠지."

유즈루와 아유미는 그러면서 얼굴을 마주 보고 쓴웃음 지었다.

※

"너, 이제 그만 돌아가는 게 어때? ……벌써 시간이 몇 신데."

유즈루의 방에서 계속 머무르고 있는 동생, 아유미를 보고 유즈루는 쓴웃음 지었다.

타카세가와 가문이 호텔에서 빌린 방은 세 개.

한 방이 카즈야·사요리 부부, 나머지 두 방은 각자 유즈루와 아유미가 사용하고 있었다.

하지만 아유미는 자기 방이 있음에도 불구하고, 계속 유즈루의 방에 있었다.

심심하지만, 여행을 와서까지 스마트폰 게임으로 시간을 보내고 싶지는 않다. 그게 아유미의 주장이었다.

유즈루도 그런 기분은 모를 것도 아니었기에, 그녀와 함께 체스랑 장기, 포커, 마작 등으로 놀고 있었다.

게다가 두 사람의 부모님인 카즈야와 사요리는 아이들을 두고 카지노에서 놀고 있었다.

유즈루와 아유미도 카지노에 따라가고 싶었지만…… 그것은 법률이 허락해 주지 않았다.

"에이―."

"에이―, 가 아니잖아. ……내일 아침, 못 일어날지도 모른다고?"

집에서 뒹굴뒹굴하는 것은 상관없지만.

여행지에서 귀중한 시간을 낭비하는 것은 조금 아깝다.

"그보다도, 나도 슬슬 잘 거니까."

"그럼 한 판만 더! 한 판만 더 하자!!"

마작패를 손으로 휘젓는 아유미.

현재는 유즈루가 더 많이 이겼다. 다만 이번에는 돈을 건 것도 아니니까, 더 많이 이겼다고 해서 별다른 의미는 없지만.

"슬슬 아리사랑 전화 약속이 있는데."

어쩔 수 없으니까 유즈루는 아리사 이야기를 꺼내어서 동생을 쫓아내기로 했다.

다만 전화를 하겠다는 약속은 했지만, 시간은 지정하지 않았다.

시차는 일본 쪽이 두 시간 느리니까, 조금 더 늦게 걸어도 아리사한테 폐가 되지는 않는다.

"어쩔 수 없나……."

그리고 아유미 쪽도 아리사를 이유로 끄집어내자 억지를 부릴 수는 없었나 보다.

한숨을 내쉬고 어깨를 으쓱였다.

"……곧 조카가 생길 것 같네."

마지막으로 그런 말을 남기고 떠났다.

아유미가 나간 것을 확인한 뒤, 유즈루는 휴대전화를 꺼냈다.

조금 전의 말은 반쯤 거짓이지만, 지금부터 통화를 한다면 사실이 된다.

"여보세요."

『예, 여보세요!』

기뻐하는 아리사의 목소리가 들렸다.

휴대전화 앞에서 꼬리를 흔드는 그녀의 모습이 유즈루는 보이는 것 같았다.

"그쪽은 어때?"

『목욕하고 왔어요. 유즈루 씨는?』

"마침 자기 전이니까…… 네 목소리를 듣고 싶어서."

유즈루가 그렇게 말하고 웃자 아리사도 가볍게 웃었다.

『사진, 봤어요. 따듯해 보이네요. 부러워요…….』

3월의 일본은 점차 따듯해지는 시기라고는 해도…… 아직은 춥다.

그와 비교하면 이쪽은 따듯했다.

그래도 굳이 따지자면 아리사의 '부럽다'는 기온보다도 여행 그 자체에 대한 말처럼 들렸다.

어릴 적에는 여행도 그럭저럭 빈번했다는 모양이지만, 아마기 가문으로 온 뒤로는 간 적이 없다……는 사실을 유즈루는 아리사에게서 들은 적이 있었다.

"그럼 다음에, 기회가 있다면 같이 갈까, 남쪽 섬으로."

『어, 괜찮아요?』

"아니, 뭐…… 고등학생일 동안에는 어려울지도 모르겠지만."

부모님에게 부탁한다면 내년, 아리사가 동행하는 것도 가능…….

하지만 가족들끼리 여행하고 싶다며 부모님이 넌지시 말한다면 유즈루도 억지를 부릴 수는 없다.

"언젠가 신혼여행으로 어딘가 가겠지?"

『시, 신혼…… 자, 잠깐, 너, 너무 빠른 이야기예요…….』

뒤집어진 목소리를 높이는 아리사.

뭐, 확실히 신혼여행은 아직 한참 뒤의 이야기다.

반드시 찾아올 미래이기는 하지만.

"뭐, 그러네. 그보다도…… 바다에 간다든지 그러는 게 먼저인가."

『좋네요, 바다. 유즈루 씨랑 가고 싶어요. ……작년처럼 수영장이라도 괜찮지만.』

그러고 보니 작년, 아리사와 함께 수영장에 갔구나.

유즈루는 떠올렸다.

그때는 아직 아리사와 친하다고는…… 말할 수 없는 것은 또 아니지만, 적어도 지금 같은 관계가 아니었다.

……지금이라면 조금 더 다르게 즐길 수 있을 것이다.

『저, 저기, 유즈루 씨.』

"응?"

『그게, 저…… 수영은 잘 못해서요.』

"아…… 그러고 보니 그런 이야기를 했지."

25미터를 못 헤엄친다.

아리사가 그런 말을 했던 것을 유즈루는 떠올렸다.

『예. 그게, 수영장에서 노는 정도는 아무 문제도 없지만…… 그게, 수업이…….』

"괜찮다면, 가르쳐 줄까?"

아리사가 말하려는 바를 헤아리고서 유즈루는 그렇게 대답했다.

『괜찮나요?』

"응, 상관없어."

애당초 아리사에게 수영을 가르쳐줄까…….

그것은 작년 여름에 이미 뇌리에 떠오른 일이었다.

그래서 유즈루로서는 아무 문제도 없었다.

『고마워요! 그럼, 약속……이에요?』

"응, 약속이야."

두 사람은 앞으로의 데이트 약속을 정하고서, 전화를 끊었다.

※

자, 그리고 얼마 후…….

봄방학이 끝나고 개학한 첫날.

"안녕하세요, 유즈루 씨."

"안녕, 아리사."

유즈루가 사는 아파트까지 아리사가 마중을 와주었다.

"유즈루 씨…… 볕에 좀 탔네요."

여행에서 돌아온 뒤, 유즈루와 아리사가 얼굴을 마주한 것은 이것이 처음이었다.

유즈루는 자신이 찍은 사진을 몇 장인가 아리사에게 보냈지만, 역시나 사진과 실물은 조금 보이는 것이 다른 듯했다.

"뭐…… 남국이었으니까."

다만 볕에 탔다고 해도 조금 변한 것 같다 하고 알아차리는 정도.

새카맣게 타서 온 것은 아니었다.

"손에 들고 있는 건, 혹시……."

"응, 선물이야. 학교에 가서 줄까 싶어서. 너한테도 나중에 줄게."

그러면서 유즈루는 손에 든 종이봉투를 가볍게 올렸다.

뉴칼레도니아 선물이었다.

일단 '타카세가와 가문'으로서의 선물은 전부 택배로 평소부터 '신세'를 지고 있는 분들에게 보낸다.

유즈루가 들고 있는 것은 친구들에게 주는 개인적인 선물이었다.

그건 그렇고…….

유즈루는 다시금 아리사에게 미소를 건넸다.

"너랑 만나서 기뻐. 계속 그리웠어."

유즈루가 그렇게 말하자 아리사는 살짝 뺨을 물들이고, 가볍게 유즈루의 가슴을 때렸다.

"정말이지, 그만하세요!"

"……너는 아니야?"

부끄러워하는 아리사에게 유즈루는 그렇게 물었다.

그러자 아리사는 살짝 눈을 내리깔며 대답했다.

"그건…… 뭐, 뭐어……."

그리고 애매하게 말을 흐렸다.

그런 아리사에게 유즈루는 크게 양팔을 펼쳤다.

"안아도, 될까?"

그러자 아리사는 비취색 눈동자를 몇 번 끔벅거렸다.

그리고 하얀 피부를 장밋빛으로 물들였다.

그러다 흘끗흘끗 주변의 모습을 살피고, 아무도 없다는 것을 확인하고는⋯⋯.

"유즈루 씨⋯⋯."

유즈루의 품으로 뛰어들었다.

그런 약혼자를 유즈루는 양손으로 힘껏 끌어안았다.

아름다운 아마포색 머리카락이 유즈루의 코끝을 살짝 간질였다.

희미하게 샴푸 향기가 감돌았다.

약혼자의 몸은 무척 부드럽고, 뜨거웠다.

"⋯⋯쓸쓸했어요."

"미안해."

이렇게 두 사람은 불과 몇 주 동안 얼굴을 마주하지 않은 정도의 일임에도 불구하고, 마치 수십 년 동안 떨어져 있었던 것 같은 재회를 이룬 것이었다.

"오늘부터 2학년이네요."

"그러네."

그런 별것 없는 대화를 나누며.

두 사람은 손을 잡고서 등교하고 있었다.

"같은 반이 될 수 있으면 좋겠어요."

"그런가…… 그러고 보니 반이 바뀌지."

아리사의 말에 유즈루는 문득 깨달았다.

2학년이 되면 반이 새롭게 꾸려진다.

그렇게 되면 유즈루와 아리사는 다른 반이 되어버릴 가능성이 있다.

"잊고 있었나요?"

"아니, 뭐…… 그다지 의식하지 않았다는 게 정답일까? 조금 긴장했어."

하지만 다른 반이 된다고 해서 평생의 이별로 이어지는 것도 아니다.

애초부터 수업 시간 중에 대화를 나눌 수 있는 것도 아니고…….

쉬는 시간에 대화를 나눈다면, 반이 같든 다르든 상관이 없다.

"정월에 한 기도…… 효과가 있다면, 분명히 같은 반이에요."

"……그러네. 2인분이니까."

올해도 둘이 함께 있을 수 있기를.

그런 바람을 신사에서 기도하고 온 것을 두 사람은 떠올렸다.

그리고 그러는 사이, 학교에 도착했다.

유즈루와 아리사는 신발장 근처에서 배포되는 종이를 받아들었다.

그곳에는 올해 반 배정이 자세하게 적혀 있었다.

결과는…….

"아, 같네."

"같아요."

같은 반이었다.

유즈루와 아리사는 안도하며 가슴을 쓸어냈다.

"……아야카 씨와 치하루 씨, 텐카 씨도 같아요."

"소이치로랑 히지리도 같은 반인가…….

친한 친구들의 이름을 찾고, 깨달았다.

모두 같은 반이었으니까.

"……우연일까요?"

"어떨까? 우연……이라고는 생각하지만."

그렇지만 반드시 우연이라고 단언할 수만은 없다는 것이 현실이다.

귀찮을 것 같은 학생을 한곳에 모았다면…… 그런 느낌이 없지도 않았다.

"뭐, 어쨌든 잘 됐잖아. 가자, 아리사."

"그러네요."

그리고 교실로 들어가서는 이미 등교한 아야카가 말을 걸었다.

"여어여어, 유즈룽이랑 아리사. ……유즈룽, 좀 탔네?"

"뭐, 그렇지."

유즈루는 가볍게 그리 대답하더니, 종이봉투에서 선물을 꺼냈다.

"자, 받아."

"고마워. ……흐──응. 마카다미아 너츠 초콜릿이네. 안 이하구나."

"무난하다고 말해 줬으면 하는데."

그리고 유즈루는 이미 등교한 다른 친구들──치하루, 소이치로, 히지리, 텐카──에게 초콜릿이 든 상자를 나누어줬다.

그리고 마지막으로 아리사에게 상자를 건넸다.

"자, 아리사."

"고마워요."

아리사는 기뻐하며 초콜릿 상자를 받아들었다.

……상자에 눌려 살짝 형태가 일그러진 가슴을 보고 유즈루는 시선을 피했다.

"그건 그렇고 마카다미아 너츠인가…… 겹쳤네."

그러면서 소이치로는 일어서더니 들고 있던 종이봉투에서 상자를 꺼냈다.

그리고 유즈루와 아리사에게 건넸다.

"고마워. ……올해도 하와이였던가?"

"뭐, 그래."

사타케 가문은 매년, 봄에 하와이에 가는 것이었다.

……야구팀 하나가 생길 정도로 아이가 있는 것이 그의 가족이었다.

참으로 떠들썩한 여행일 것이다.

"그럼 유키시로 씨한테도."

"예, 고마워요."

다음으로 소이치로는 아리사에게 상자를 건넸다.

고맙다고 인사하는 아리사……를 가만히 바라보는 소이치로.

"왜 그러나요?"

어리둥절해서 고개를 갸웃거리는 아리사.

그런 아리사에게 소이치로는 물었다.

"앞으로 아리사 씨라고 불러도 될까?"

"예, 딱히 문제는 없는데……."

갑자기 무슨 일인가요? 그런 표정을 짓는 아리사.

"아니…… 유키시로 씨는 타카세가와 씨가 될 거잖아?"

소이치로의 말을 한순간 아리사는 이해하지 못하는 모습이었다.

그러나 몇 초 늦게 얼굴을 새빨갛게 물들였다.

"그, 그건……."

"장래에는 호칭을 바꿀 거라면, 지금 그러자고 생각해서. ……어떨까?"

"꼭! 꼭 그렇게 부탁해요!!"

끄덕끄덕 크게 고개를 끄덕이며 흥분한 기색으로 아리

사는 말했다.

그리고 작은 목소리로 "타카세가와 아리사…… 타카세가와 아리사……"라고 중얼거리며 히죽히죽웃었다.

……약혼자가 안타까운 아이가 되어버렸다.

유즈루는 아리사를 보고 무어라 형용할 수 없는 미묘한 기분이 들었다.

※

그것은 개학식 날 밤의 일.

『예, 여보세요.』

"아, 아야카 씨…… 지금, 괜찮을까요?"

아리사는 아야카에게 전화를 걸었다.

『응? 뭐, 괜찮은데…… 무슨 일이야?』

"그게…… 상담을 부탁할 게 있어서."

『응응.』

"유즈루 씨는, 어떤 여성이 취향인가요?"

『……금발 거유 미소녀 아냐?』

"아, 아니, 그런 게 아니고요…….."

지나치게 에둘러서 물어봤다고, 아리사는 반성했다.

"그게…… 늦되고 청초한 여성이 아마도 취향이 아닐까…… 생각하거든요."

『으─응, 뭐, 그런 거 아냐? 실제로 아리사의 그런 부분이 좋은 거겠지? ……그게 어쨌는데?』

　"반대로…… 지나치게 늦된 것도 어떨까, 싶어서요."

　『글쎄. 소꿉친구라고는 해도, 유즈룽의 성적인 취향을 잘 아느냐고 그러면 미묘한 부분이 있고…… 뭐, 하지만 일반론으로, 너무 지나치게 늦되다면 짜증이 날지도.』

　아야카의 말에 아리사는 작게 어깨를 떨어뜨렸다.

　"그, 그렇……군요."

　『아니, 정도에 따라 다르다고는 생각하는데? ……무슨 일 있었어?』

　"사실은……."

　그리고 아리사는 일의 경위, 유즈루와 키스를 하려고 했지만 못 했던 일을 이야기했다.

　그때는 아무래도 부끄럽다는 기분으로 가득해지는 바람에, 할 수 없었다.

　다행히도 유즈루 쪽에서는 딱히 신경 쓰는 기색은 없었고, 조금씩 나아가자며 격려해 주었다.

　게다가 입술과 입술이나 뺨에 키스는 못 했지만, 손등에 입을 맞추는 정도라면 할 수 있었다.

　그러니까 아리사로서는 순조롭다고 생각했지만…….

　"역시 유즈루 씨도 하고 싶은 걸까 생각하니…… 그, 실망하거나 마음속으로는 짜증을 느끼지는 않을까 해서……."

　『뭐, 유즈룽 아들은 잔뜩 짜증스럽겠지만 말이지.』

　"아들……? 어, 그, 그런 의미가 아니라……."

아야카의 말에 담긴 의미를 깨달은 순간, 아리사의 얼굴이 새빨갛게 물들었다.

『알아, 알아. 농담, 농담.』

전화 반대편에서 깔깔깔 아야사는 웃었다.

그리고 분위기를 전환하듯, 진지한 목소리로 아야카는 말했다.

『애당초 유즈릉이랑 아리사는, 사귄 지 한 달…… 같은 거잖아?』

"그게…… 뭐, 그러네요."

실질적으로 어떤지는 제쳐놓고, 서로가 남녀의 관계로서 다시 스타트하게 된 것은 최근의 이야기.

얼마 전까지는 어디까지나 이성 친구, 가짜 약혼 관계라는 입장이었다.

『유즈릉은 느긋한 편이니까. 기다려 줄 거라고 생각해.』

"그, 그럴까요……?"

『불안해?』

"뭐, 뭐어…….'

아리사는 작게 한숨을 내쉬었다.

요컨대 아리사의 상담은 '자신이 지나치게 늦되어서 유즈루에게 미움을 받지는 않을까?'라는 것이었다.

물론 아리사도 유즈루가 그 정도 일로 자신을 싫어할 법한 사람이 아니라는 사실은 알고 있었다.

하지만 전혀 아무런 생각도 없는지는, 다른 이야기다.

조금이라도 아리사를 '성가신 여자'라고 생각할지도 모른다.

　그렇게 생각하니 아리사는 불안해지고 마는 것이었다.

　"유즈루 씨는…… 매력적인 남성이니까, 결혼하고 싶어 하는 여자도 틀림없이 잔뜩 있을 테고…… 혹시 만약에, 저보다도 그런 일에 적극적인 사람이 있다면……."

　『빼앗기지는 않을까, 불안하구나.』

　"그러, 네요. 물론 유즈루 씨는 바람 같은 걸 필 사람이 아니라는 건 알지만……."

　바람을 핀다거나 하는 불성실한 일을 할 사람이 아니다.

　다만 좋아하지 않는 여자와 결혼해 줄 사람도 아니다.

　"미안해. 너와는…… 결혼할 생각이 들지 않아"라고 정면으로 말할 법한 사람이다.

　『흠…….』

　아야카는 잠시 생각하고는 대답했다.

　『진지한 이야기를 하자면 여기까지 진행된 약혼은, 그렇게 간단히 깰 수는 없어.』

　아야카는 단언하듯 말했다.

　"그건…… 신용의 문제가 되니까 말인가요?"

　『그것도 있고…… 약혼을 주도한 선대 당주와 현재 당주의 얼굴에 먹칠을 하는 일도, 못 해. 그리고 단순히 남녀 관계는 쉽게 추문으로 번지니까. 가문의 명성에도 손상이 가고.』

"그렇군요……."

『다만 절대로 있을 수 없는 일도 아니지만. 약혼 단계라면, 평판을 신경 쓰지 않으면 얼마든지 뒤집을 수 있다는 것도 사실.』

"그, 그런, 가요."

『뭐, 인간관계에 절대적인 건 없으니까.』

새삼스럽게 약혼을 뒤집어 버린다면 크나큰 손실이 발생한다.

그렇지만 결혼한 다음에 문제를 일으키는 것보다는 낫다고 생각할 수도 있다.

유즈루와 아리사의 관계가 앞으로 현저하게 험악해진다면, '손절'로서 약혼을 깨는 일은 충분히 가능하다……고 아야카는 이야기했다.

『아리사 말고도 약혼자 '후보'였던 사람이라면…….』

가까운 곳에 있으니까.

그렇게 말하려다가 입을 다물었다.

가능성이 낮은 이야기나 진즉에 백지가 된 과거의 이런저런 것들을 이야기해 봐야, 아리사를 쓸데없이 불안하게 만들 뿐이다.

이런 일은 하늘에서 거대운석이 떨어질 가능성을 생각하는 것만큼, 쓸데없는 짓이다.

『뭐, 전향적으로 받아들여. 혹시 아리사가 유즈룽을 싫어하게 된다면, 최악의 경우에는 차버려도 된다고.』

"제가 유즈루 씨를 싫어하게 되다니, 솔직히 과연 그런 일이 있을까 싶지만요……."

『예예, 주책이야, 주책. 그것과 똑같을 정도로, 유즈룽이 아리사를 싫어하게 될 일은 없으니까. 안심해, 안심.』

"그, 그런가요? ……그렇죠! 유즈루 씨는 저를, 정말 좋아하는걸요!"

유즈루와의 관계에 보증을 받고서 기운이 났나 보다.

아리사는 기쁜 듯 "에헤헤헤……"라며 웃었다.

전화 반대편의 아야카는 내심 '기분 나쁜 목소리로 웃는구나……'라고 생각했지만, 입 밖으로 꺼내지는 않았다.

『그보다도 키스를 못 하겠다면, 상대가 하게 만들면 되잖아?』

"……무슨 뜻인가요?"

아야카의 말에 아리사는 고개를 갸웃거렸다.

『가령 유즈룽이, 아리사랑 정말로 키스를 하고 싶어서 참을 수가 없는 지경이라 치고.』

"예."

『유즈룽 쪽은 반대로, 억지로 키스를 했다가 아리사한테 미움을 받지는 않을까…… 그런 생각을 할 테지.』

"흠…….."

『그러니까 아리사가 슬그머니 그런 분위기를 만들면…… 유즈룽 쪽에서, 이건 괜찮은 거 아냐? 라고 판단해서 아리사한테 키스를 해준다는 거. 그 뒤는 몸을 맡기면 그만이야.』

　그렇구나, 아리사는 끄덕였다.

　솔직히 아리사 쪽에서 유즈루에게 키스를 하자고 말을 꺼내거나, 자신이 나서서 하려고 그러기에는 저항감이 있었다.

　상스럽다고 여겨지는 것은 싫다는 마음도 있고, 무엇보다도 부끄러워서 몸이 멈춰 버린다.

　하지만 유즈루에게 맡긴다면…….

　아리사 쪽은 당하기만 하면 된다.

　'당하기만 하면…….'

　거기까지 생각하자 아리사는 자신의 몸 안쪽이 화악 뜨거워지는 것을 느꼈다.

　유즈루에게 당하기만 하면, 그러니까 그가 마음대로 한다고 생각하는 것만으로, 어딘가 근질근질한 기분이었다.

『아리사? 듣고 있어?』

　"어, 아, 예. 무슨 이야기였죠?"

『아니, 갑자기 조용해졌길래. 전화가 끊어졌나 싶어서.』

　"아뇨, 괜찮아요. ……생각을 좀 한 것뿐이에요."

『호오…… 야한 생각?』

　쿡쿡 웃으며 아야카는 그렇게 물었다.

　아리사는 자신의 귀가 뜨거워지는 것을 느꼈다.

　"그, 그, 그럴 리가, 어, 없잖아요!"

『아니, 그렇게까지 큰 소리로 부정할 것까지야…… 정곡이었어?』

"아, 아니에요! 그, 그게…… 새, 생각해 봤거든요. 그,
저기…… 그게, 구체적으로, 어떻게 하면 되는 걸까…….
아시나요?"

『으─응.』

아리사의 물음에 아야카는 잠시 생각에 잠기는 모습을
드러내고는 대답했다.

『뭐, 알기 쉬운 거라면 바디터치라든지?』

"……손을 잡는다든지 말인가요?"

바디터치라고 그래도 아리사로서는 그 정도밖에 떠오르
지 않았다.

한편 아야카는 어이없다는 목소리를 흘렸다.

『무슨 유치원생도 아니고.』

"그, 그럼, 어떻게 하나요!"

『그러네…… 아리사가 할 수 있는 범위라면…… 어깨에
머리를 얹는다든지?』

"고개를 기울이는 것 같은 느낌인가요?"

아리사는 머릿속으로 유즈루의 어깨에 머리를 얹은 자
신을 상상했다.

……그리고 또다시 얼굴을 붉게 물들였다.

『그래그래. 체중을 맡기는 느낌, 기대는 느낌으로.』

"그렇군요."

『그리고 팔짱을 낀다든지…… 은근슬쩍 가슴을 누르듯

이 하면 완벽해.』

"가, 가슴, 인가요⋯⋯."

아리사는 숨을 삼켰다.

우연히 닿아 버린다면 모를까, 자신이 닿도록 움직이는 것은 나름대로 배짱이 필요했다.

『기껏 그렇게 커다란 가슴이 있는데 말이지. 게다가 유즈루는 아리사 가슴, 엄청 좋아하잖아?』

"그, 그건⋯⋯ 그, 그럴지도, 모르지만⋯⋯."

확실히 유즈루는 아리사의 가슴을 눈으로 좇을 때가 있었다.

유즈루는 아리사의 가슴을 좋아하는 것이다. 적어도 흥미를 가지고 있다.

일부러 닿는다⋯⋯는 것은, 효과적일지도 모른다.

"해, 해볼게요. ⋯⋯이번 꽃놀이에서."

『괜찮네. 성공하면 알려줘.』

그리고 가벼운 잡담을 나눈 뒤, 아리사는 아야카와의 통화를 마쳤다.

그리고 작게 주먹을 쥐었다.

"좋아!"

작게 기합을 넣었다.

※

그리고 개학식 바로 다음 일요일.

유즈루는 비교적 활동적인 사복을 입고, 역에서 기다리고 있었다.

연신 시계를 확인하는데…….

"유즈루 씨."

"와앗!"

갑자기 누군가 어깨를 붙잡았다.

유즈루는 놀라서 저도 모르게 목소리를 높이고는 돌아봤다.

그곳에는 "에헤헤" 하고, 귀여운 표정을 짓고 있는 약혼자가 있었다.

"놀라게 하지 말아줘. 진짜로 깜짝 놀랐잖아."

"틈을 보인 유즈루 씨 잘못이에요."

그리 말하는 아리사는, 유즈루와 마찬가지로 조금 활동적인 옷을 입고 있었다.

아래는 데님 바지에, 셔츠와 카디건을 조합했다.

그리고 왼손 약지에는, 유즈루의 마음을 담은 프러포즈 반지가 빛나고 있었다.

학교에 올 때는, 반지는 끼지 않는다.

……아무리 그래도 학교에서 고가의 약혼반지를 끼고 지내는 것은 방범의 측면에서 걱정이 있고, 무엇보다도 "누구한테 받은 거야?"라는 소동이 벌어질 것이다.

유즈루와 아리사가 연인 사이라는 것은 이미 주지의 사

실이지만, 약혼 관계라는 것과 그것은 전혀 다른 차원의 이야기.

감추어서 나쁠 것은 없다.

……뭐, 알고 있는 사람은 알고 있다든지 그렇지만.

"그런가…… 틈을 보인 쪽이 잘못인가."

문득 조금 장난심이 발동한 유즈루는 아리사의 왼손을 살며시 잡았다.

아리사는 평소처럼 유즈루가 손을 잡는 것뿐이라고 생각하는지, 자연스러운 동작으로 손을 내밀었다.

……그것은 무척 무방비했다.

유즈루는 아리사의 손을 들어 올리듯이 잡고는, 그대로 들었다.

어? 손을 잡고 이제부터 데이트하러 가는 거 아니야?

그런 표정인 아리사에게 가볍게 미소를 건네고는…….

"앗……."

그녀의 손등에.

살며시, 입술을 댔다.

움찔, 아리사의 몸이 가볍게 떨렸다. 하얀 도자기 같은 피부가 어렴풋이 붉게 물들었다.

유즈루는 신경 쓰지 않고 살며시 약지에 두 번째 키스를 했다.

"으응……."

아리사는 기운이 빠진 것 같은 목소리를 흘렸다.

그리고 힘이 빠졌는지, 휘청 무너지듯 유즈루 쪽으로 쓰러졌다.

"괜찮아?"

"이, 이런 거…… 사람들의 시선이 있는 곳에서, 그, 그만해요……."

유즈루에게 안긴 아리사는 촉촉한 눈으로 불평을 입에 담았다.

그만해요, 라고 하는 것치고는 싫어하는 것처럼 보이지는 않았다.

오히려 유즈루의 눈에는 해줬으면 하고 바라는 것처럼 보였다.

"틈을 보인 쪽이 잘못이야. 그렇지?"

유즈루는 짓궂은 미소를 지었다.

그러자 아리사는 살짝 입술을 삐죽이고 유즈루의 가슴팍을 때렸다.

"정말이지…… 바보."

안도한 표정이지만, 어딘가 부족한 것 같은, 불만스러운 것 같은 표정으로 그렇게 말하는 것이었다.

그리고 두 사람은 역 근처의 공원으로 향했다.

그럭저럭 넓은 공원에는 아름답게 만개한 벚꽃.

그렇다, 이번 데이트는 기다리고 기다리던 꽃놀이다.

"어디쯤으로 할까?"

"그러네요. ……저쯤이 괜찮지 않을까요."

다행히도 괜찮아 보이는 자리가 하나, 비어 있었다.

유즈루는 그 자리에 가져온 돗자리를 펼쳤다.

유즈루는 돗자리와 음료 담당이었다.

한편 아리사는…….

"열심히 만들어 왔어요."

싱긋 미소를 짓고서 커다란 찬합을 하나, 둘, 셋.

아리사는 하나하나 상자를 열었다.

상자에는 일본식, 양식, 중식 반찬과 작고 귀여운 주먹밥, 화려한 샌드위치가 가득 들어 있었다.

"오, 오오……?"

많은데.

무심코 입 밖으로 튀어나올 뻔한 당황스러움을, 감탄사로 바꾸어 얼버무렸다.

"조금 많이 만들어 버렸어요."

에헷, 하고 웃는 아리사.

말하는 만큼 조금일까, 유즈루는 살짝 드러난 가치관의 차이에 곤혹스러웠다.

"뭐, 뭐어…… 남으면 집에 가져가서 먹으면 돼."

"그렇게 해준다면 기쁠 거예요. ……오늘 저녁이라든지, 내일 아침이라든지. 그 정도라면 괜찮을 테니까요."

아무래도 아리사 안에서는 남은 몫은 유즈루가 처리하는 것으로 되었나 보다.

다만 저녁과 아침에 아리사가 만든 요리를 먹을 수 있다는 것은 오히려 유즈루로서는 기쁜 일이었다.

"그럼 먹어볼까. 잘 먹겠습니다."

"잘 먹겠습니다."

유즈루와 아리사는 손을 맞댔다.

일단 잘 상하는 것, 냉동하면 확실하게 맛이 떨어질 것부터 먹어야겠다며, 유즈루는 샌드위치로 손을 뻗었다.

"어떤가요?"

"응…… 맛있어."

아삭한 양상추와 오이의 식감, 싱싱한 토마토의 산미, 적당한 짠맛의 햄, 그리고 부드러운 식빵.

그리고 빵에 바른 소스가 각각의 식재료를 묶어 놓았다.

"……소스 맛, 바꿨어?"

아리사가 만든 샌드위치를 먹는 것은 이번이 처음은 아니었다.

하지만 소스의 맛이 이전과 조금 다르다는 사실을 유즈루는 알아차렸다.

"예. 조금 바꿔 봤어요. 어떨까요?"

유즈루가 맛의 변화를 알아차린 것이 기쁜 듯했다.

기분 좋아 보이는 한편으로, 조금의 불안을 머금은 목소리로 물었다.

"굳이 따지자면 이번 소스가 취향일까. 조금 매운 게 괜찮은 악센트가 된다고 생각해."

"그건 다행이에요."

아리사는 기쁜 듯 미소 지었다.

그리고 반찬으로 젓가락을 뻗었다.

"이 칠리 새우, 맛있네."

"아야카 씨한테 조언을 받았어요."

"응, 이 햄버그, 차가운데도 딱딱하지 않아."

"치하루 씨한테 요령을 배웠거든요."

아무래도 한동안 보지 않은 사이에 아리사는 요리 실력을 높인 모양이었다.

오랜만에 먹는 것이기도 해서 거침없이 젓가락이 움직였다.

그리고…….

"외외로 다 먹을 수 있었네……."

"그러네요. ……배는 빵빵하지만요."

대략 도시락 삼분의 이를 정리할 수 있었다.

나머지는 유즈루의 오늘 저녁이다.

"잘 먹었어, 아리사. 맛있었어. 남은 건 집에서 먹기로 할게."

"예. ……잘 먹었습니다."

식사를 마친 두 사람은 다시금 벚꽃을 올려다봤다.

두 사람은 자연스럽게 손을 잡고 있었다.

"예쁘네요."

"그러네."

아리사의 속삭임에 동의하고는, 유즈루는 옆에 앉은 아리사를 봤다.

그러자 아리사 역시도 유즈루를 보고 있었다.

자연스럽게 눈과 눈이 마주쳤다.

무심코 두 사람은 작게 웃었다.

"이것 참…… 난 행복한 사람이야. 이렇게나 예쁘고 귀엽고, 요리도 잘하는 사람과 결혼할 수 있다니."

유즈루가 절절하게 말하자 아리사는 뺨을 붉혔다.

그리고 유즈루를 요염한 눈빛으로 올려다보며 살며시 다가왔다.

"저도…… 행복해요."

그러면서 어깨와 어깨가 맞닿는 위치까지, 가까워졌다.

그리고…….

"음……."

살며시 머리를 유즈루의 어깨에 얹었다.

마치 체중을 맡기듯이, 유즈루의 몸에 기댔다.

그리고 부끄러운 듯 얼굴을 숙이며, 유즈루의 팔에 자신의 팔을 휘감았다.

"아리사……?"

유즈루가 말을 건네었지만 아리사는 말이 없었다.

말은 없지만, 그러나 유즈루의 그 말에 대답하듯 몸을 더욱 밀착했다.

유즈루의 팔에 아리사의 부드러운 두 언덕이 닿았다.

"……."

유즈루 역시도 말없이 아리사의 어깨에 손을 두르고 살며시, 끌어당기듯이 안았다.

그리고 아리사의 안색을 살피듯 시선을 아래로 내렸다.

아리사는…… 귀까지 얼굴을 붉게 물들이면서도, 부끄러운지 아래만 보고 있었다.

하지만 얼굴 대신에…… 다른 것이 보였다.

하얀 쇄골, 매력적인 계곡, 그리고…… 어렴풋이 희고 청초한 천이, 시야에 비쳤다.

'이건 혹시…….

시험 삼아 아마포색 머리카락을 쓰다듬듯, 건드려 봤다.

그러자…….

"응……."

아리사는 작게 신음했다.

하지만 전혀 저항하는 기색은 보이지 않고, 유즈루의 손길을 그대로 받아들였다.

'……좋아.'

유즈루는 마음속으로 결심하고…….

살며시 아리사의 손을 잡고 손등에 키스를 했다.

그러자 역시나 아리사의 몸이 움찔 떨렸다.

"좋아?"

"예, 예에……."

아리사는 살짝 몸을 비틀었다.

그녀가 손등에 키스 받는 것을 좋아한다는 사실은, 명백했다.

완전히 힘이 빠져버린 것일까.

아리사는 온몸을 유즈루에게 기댔다.

유즈루는 그런 아리사를 다정하게 떠받치며, 아름다운 머리카락을 다정하게 쓰다듬었다.

결이 섬세한 머리카락은 햇빛을 받아 빛났다.

청아하고 신비한, 신성함마저 느껴지는 머리카락이, 유즈루의 손에서 사라락 흘러내렸다.

유즈루는 그런 아리사의 머리카락을 손으로 잡고 살며시 코끝을 댔다.

킁킁, 냄새를 맡았다.

부드러운 샴푸와 린스 향기가 코를 꿰뚫었다.

"유, 유즈루 씨……?"

"이건 어때?"

살며시 귓가에 속삭였다.

유즈루는 아리사의 매끄러운 머리카락에 입술을 댔다.

부드럽게 머리카락을 입술 사이에 끼우듯이, 살짝 입에 머금었다.

"아…… 아아……."

뜨거운 숨결이 매끄러운 입술에서 새어나왔다.

유즈루가 손을 살며시 붙잡자 아리사는 꼬옥, 힘껏 맞잡았다.

아리사는 다른 한 손으로 매달리듯 유즈루의 옷을 붙잡았다.

한편 유즈루는 아리사의 머리카락에 손가락을 감고 더더욱 자기 쪽으로 가져다 댔다.

어느샌가 아리사는 유즈루의 가슴에 얼굴을 파묻듯이, 유즈루는 아리사를 정면에서 끌어안는 것 같은 모양새가 되었다.

"사랑해."

"……저도요."

천천히, 자연스럽게, 조금씩, 한 걸음 한 걸음.

유즈루는 아리사의 머리카락에서 귀를 향해 입술을 움직였다.

꼬옥, 아리사는 매달리는 것처럼 유즈루를 강하게 끌어안았다.

그리고 유즈루는, 이번에는 떨리는 아리사의 뺨에, 키스했다.

"유, 유즈루 씨……."

어렴풋이 붉어진 눈빛으로, 아리사는 유즈루를 올려다봤다.

그리고 살며시 얼굴을 유즈루에게 가져다 댔다.

매끄럽고 도톰한 입술을.

유즈루의 뺨에, 가볍게 댔다.

파란 눈동자와 비취색 눈동자가 교차했다.

유즈루는 아리사의 입술을 향해 자신의 입술을 가져다 대고…….

꾸욱, 아리사에게 가슴팍을 떠밀려서 움직임을 멈췄다.

유즈루가 정신을 차렸더니, 아리사는 얼굴을 새빨갛게 물들이고서 가늘게 떨고 있었다.

"……싫었어?"

유즈루가 묻자 아리사는 작게 고개를 도리도리했다.

"아, 아뇨…… 그런 건 아닌데요."

아리사는 유즈루에게서 얼굴을 피했다.

그리고 신중하게 주변의 모습을 살폈다.

"그게, 여기…… 밖이니까…….."

"어? 아, 아아…….."

그 말에 유즈루는 뺨을 긁적였다.

이곳이 공공장소라는 사실을 까맣게 잊었던 것이다.

주변을 둘러봤더니 일부 사람들이 시선을 피했다.

보고 있던 모양이다.

"미안해."

"아, 아뇨…… 저도, 도중까지 잊고 있었으니까."

그러는 아리사의 귀는 새빨갛게 물들어 있었다.

이곳이 공원이고, 야외이고, 공공장소였다.

그런 사실을 제외하면, 유즈루의 리드는 그렇게 잘못된

것은 아니었나 보다.

　적어도 아리사는 직전까지, 그럴 생각이었다.

　'아, 서둘러 버렸구나.'

　또 실패였다.

　……실제로 유즈루는 아무것도 아니라는 얼굴을 하고서 아리사를 리드하려고 애를 썼지만, 그 또한 여성 경험이 아리사밖에 없는 동정이었다.

　이것만큼은 어쩔 수도 없었다.

　"유즈루 씨. ……유즈루 씨?"

　"어? 어어…… 미안해, 아리사. 무슨 일이야?"

　아리사가 이름을 부르고서야 간신히 유즈루는 정신을 차렸다.

　한편 아리사는 뺨을 물들인 채, 유즈루의 옷을 꾹꾹 잡아당겼다.

　"저기, 슬슬 가지 않을래요?"

　아무래도 아리사는 한시라도 빨리 이 자리에서 벗어나고 싶은 모양이었다.

　……역시나 부끄러운 듯했다.

　그리고 유즈루도 그것은 동감이었다.

　"그러네. ……응, 그러자."

　유즈루와 아리사는 총총히 돌아갈 채비를 개시한 것이었다.

'결국, 벚꽃은 별로 못 즐겼네.'

돌아가는 길.

둘이 나란히 함께 돌아가며 유즈루는 마음속으로 투덜거렸다.

그렇지만 맛있는 요리와 귀여운 아리사는 즐겼다.

꽃보다 경단*.

경단보다 아리사다.

한편, 그런 아리사는…….

"……."

조금 전의 행위가 부끄러웠는지 계속 입을 다물고만 있었다.

뺨은 아직 어렴풋이 붉었다.

그렇지만 화가 난 것도 아닌 모양이고, 부끄러워하는 아리사도 귀여웠다.

시간이 지나면 금세 원래대로 돌아올 거라고, 유즈루는 너무 신경 쓰지 않기로 했다.

그런 분위기로 걷고 있었는데…….

"어."

"어머."

"오."

유즈루의 친구, 료젠지 히지리와 조우했다.

타고 있는 자전거 바구니에는 봉투가 들어 있었다.

----

* 금강산도 식후경의 일본식 표현.

"그러고 보니 이 부근이었네, 너희 집."

"응…… 너희는 데이트야?"

"그런 느낌이에요."

아무래도 히지리는 물건을 사서 돌아가는 모양이었다.

봉투 안에서 스낵 과자와 초콜릿 과자가 보였다.

"흠흠……."

히지리는 턱에 손을 대고 잠시 생각에 잠기는 모습을 내비쳤다.

그리고 유즈루와 아리사에게 제안했다.

"혹시 방해가 안 된다면, 들렀다가 갈래? 차 정도는 내줄 수 있어."

그러고 보니 히지리네 집은 한동안 안 갔구나, 유즈루는 떠올렸다.

매년 히지리를 포함한 료젠지 가문의 사람들은 타카세가와 가문으로 인사를 하러 오지만…… 유즈루 쪽에서 가는 일은 그다지 없었다.

가끔은 괜찮을지도 모르겠다.

게다가…….

"어떻게 할래? 아리사."

아리사는 료젠지 가문의 집을 방문한 적이 없었다.

그녀는 타카세가와 가문으로 시집을 올 예정이니까, 한번 료젠지에 얼굴을 비추러 가도 괜찮을지도 모른다.

……물론 유즈루와의 데이트에 전념하고 싶다면 그로서

도 강권할 생각은 없었다.

앞으로 방문할 기회는 얼마든지 있으니까.

그리고 유즈루의 질문에 아리사는 작게 끄덕였다.

"그러네요. 모처럼 초대해 주셨으니까."

이리하여 갑작스럽게 료젠지 가문을 들르게 되었다.

※

료젠지 히지리의 자택인 료젠지 저택은, 작은 산 위에 서 있었다.

산 그 자체가 가문의 사유지였다.

산 주위에는 철조망이 둘러져 있기에, 유일한 출입구는 정면 입구에서 이어지는 긴 돌계단뿐이었다.

그 계단을 올라가자 마치 절 입구같이 커다란 문이 기다리고 있었다.

"와아…… 뭐라고 할까, 유즈루 씨네 집이랑 조금 닮았네요."

"네 약혼자네 집만큼 넓지는 않고, 사람도 잔뜩 사니까 말이지. 너무 기대하지는 마."

아리사의 감상에 히지리는 쓴웃음 지으며 대답했다.

그리고 료젠지 저택과 타카세가와 저택이 닮은 것은 결코 우연이 아니었다.

왜냐하면 료젠지 저택을 세운 히지리의 증조부가 타카

세가와 저택과 비슷하게 만들었기 때문이다.

그리고 히지리를 선두로 그들은 바깥문……의 바로 옆에 있는 작은 출입구를 통해서 안으로 들어갔다.

그러자 검은 옷에 스킨헤드, 선글라스라는, 무척 그쪽으로 보이는 차림의 남자가 기다리고 있었다.

남자는 히지리에게 가볍게 머리를 숙였다.

"돌아오셨습니까. 뒤에 계신 분은 타카세가와 씨와……."

선글라스 너머로 남자의 시선은 유즈루와 아리사를 포착했다.

아리사는 조금 겁먹은 모습으로 유즈루의 옷자락을 붙잡았다.

"타카세가와 씨와, 약혼자인 유키시로 아리사 씨야."

"그렇군요. ……이건 실례했습니다."

남자는 깊이 머리를 숙였다.

한편 히지리는 가볍게 끄덕이더니 유즈루와 아리사를 돌아봤다.

"그럼, 따라와."

"어."

"아, 예."

선두에 선 히지리를 따라 유즈루와 아리사도 저택 안으로 들어갔다.

안으로 들어가자 타카세가와 저택과 료젠지 저택의 크기 차이를 확실하게 알 수 있었다.

안에 있는 인간의 숫자가 달랐다.

타카세가와 저택은 타카세가와 가문의 사람과 최소한의 고용인밖에 없다.

반면에 료젠지 저택에는 수많은 사람──그것도 인상이 나쁜──이 근무하고 있었다.

"……무척, 본격적이네요."

무어라 형용할 수 없는 감상을 아리사가 흘렸다.

한편 유즈루는 그런 아리사의 손을 단단히 잡아줬다.

그리고 히지리는 잠시 저택 안을 걷더니, 그중 한 방의 장지문을 열었다.

그곳은 격조 높아 보이는 일본식 방이었다.

"여기가 응접실이야. 뭐, 편히 쉬도록 해."

시키는 대로 유즈루와 아리사는 그 방으로 들어가서 방석에 앉았다.

히지리는 그런 두 사람과 마주 보듯이 앉았다.

잠시 있으니 역시나 검은 옷의 남자가 차와 화과자를 가져왔다.

유즈루가 찻잔을 손에 들고 차를 마시자 아리사도 머뭇머뭇 차를 입에 댔다.

"유즈루가 이렇게 오는 건 몇 년 만이었더라?"

"음, 초등학교 이후로 처음 아냐?"

중학생이 된 뒤로 친구네 집에 가서 놀지는 않게 되었다. 점점 카페나 패밀리 레스토랑 등에서 게임이나 공부를 하는 일이 늘어났으니까.

"오랜만에 왔는데 어때?"

"여전하네…… 아니, 변한 곳도 있지만."

"호오, 어떤 게?"

"……외국인, 늘었지?"

"날카로운데."

아무래도 료젠지 저택에는 세계화의 파도가 밀려드는 모양이었다.

그렇게 분위기가 조금 누그러진(?) 참에 아리사가 입을 열었다.

"타카세가와 씨와 료젠지 씨는…… 그러니까 옛날부터 인연이 있는 거죠?"

물론 여기서 말하는 '타카세가와 씨'와 '료젠지 씨'는 유즈루와 히지리가 아니라 가문 사이의 이야기다.

아리사의 물음에 히지리가 대답했다.

"우리 집이랑 타카세가와 가문과의 관계는 증조부 시절부터야. ……옛날에는 뭐, 호위꾼 같은 일을 했어. 지금은 뭐…… 이래저래 폭이 넓다는 느낌이겠네."

예를 들면 이전에 유즈루와 아리사가 데이트를 한 종합 오락 시설.

그곳은 료젠지가에서 일부 출자하고 경영에도 다소나마 관여하는 곳이었다.

굳이 따지면 지역 밀착형 장사를 한다는 느낌일 것이다.

"······의외로 성실한 장사를 하는군요."

툭하니 아리사가 중얼거리자 히지리는 쓴웃음 지었다.

"······성실한 게 아니라면 체포당하잖아."

"그도 그러네요."

그렇게 가벼운 잡담을 나누며 차를 마시는데······.

다른 방문자가 장지문을 열고 나타났다.

"오랜만이구먼. 유즈루 도령."

턱에 하얀 수염을 기른, 자그마한 노인이었다.

기모노를 입었고, 다리가 좋지 않은지 지팡이를 짚고 있었다.

눈빛만큼은 무척 날카로웠다.

료젠지 키요시.

'료젠지'라는 조직의 현재 회장이었다.

"아, 료젠지 씨. 오랜만입니다."

다리가 좋지 않은 노인이 걸음을 하게 만들었다는 사실을 미안하게 생각하며, 유즈루가 일어서려고 하자 그는 고개를 가로저었다.

"아니, 괜찮아. 그대로 앉아 있게나."

어느샌가 키요시 옆으로 달려온 히지리의 손을 빌려서, 그는 방석에 털썩 앉았다.

그리고 아리사에게 날카로운 시선을 향했다.

아리사는 등줄기를 폈다.

"처음 뵙겠습니다. 히지리 군과 같은 반인 유키시로 아리사라고 해요. 오늘은 맞이해 주셔서, 감사합니다."

"흠흠…… 유키시로 아리사. 그런가. 네가 유즈루 도령의 약혼자라는."

"아, 예. 그래요. ……유즈루 씨의 약혼자예요."

그러면서 부끄러운 듯 아리사는 뺨을 희미하게 붉혔다.

그런 아리사의 태도에 키요시는 살짝 미소를 지었다.

"후하하하하, 무척 귀여운 아가씨로군, 유즈루 도령."

"예. 제게는 과분할 정도의 여자예요."

그러면서 유즈루는 아리사의 손을 꼭 잡았다.

한편 아리사는 "자, 잠깐만……" 하고 당황한 목소리를 높였다.

그런 흐뭇한 모습에 키요시가 눈에 호를 그렸다.

"좋구나, 좋아. ……아니, 헌데 타카세가와의 노공이 부럽구나. 우리 손자도, 빨리 연인 한둘 정도는 만들어서 날 안심시켜 줬으면 하는구나."

"둘이나 만들면 안 되잖아……."

키요시의 말에 히지리는 냉정하게 딴죽을 걸었다.

키요시는 그런 손자를 무시하고 다시금 아리사에게 시선을 옮겼다.

"장래의 타카세가와 부인에게는, 본래라면 내 쪽에서 인사를 가는 게 이치인 것을. ……신년에는 다시 인사를 드리러 가리다."

"어, 아뇨, 그렇게 하실 것까지야……."

한편 아리사는 조금 곤혹스럽다는 표정을 지었다.

자신보다 아득히 연배가 높은 상대.

그것도 료젠지라는 일족, 조직의 수장이 자신에게 겸양한 태도를 드러내는 것이니 당연하리라.

연공서열을 생각하면 아리사가 자신을 낮추는 일은 있어도, 눈앞의 노인이 그러는 것은 말도 안 된다.

'……이건 어떻게 대답하는 게 정답이지?'

일반적인 가치관으로 말한다면 아리사 쪽이 '아랫사람'이니까, 아리사가 낮추어야 한다.

하지만…… 이곳에서 그런 일반적인 가치관은 통용되는 것일까?

'나는…… 유즈루 씨의 약혼자이고, 어어…… 타카세가와 쪽이 료젠지보다 위, 인 모양이니까…… 내가 자칫 낮추었다가 어쩌면 유즈루 씨의 입장이…….'

한순간에 그런 걱정, 불안이 뇌리를 스쳤다.

하지만 언제까지고 아무런 대답도 안 할 수는 없었다.

"예. 새해에는…… 저도 아버지와 함께 타카세가와 씨한테, 인사를 올리러 가요. 그때에 다시 만날 수 있다면 좋겠어요."

아리사가 또렷한 목소리로 그렇게 대답하자 키요시는 작게 "흠" 하고 끄덕였다.

"……그렇군. 그때를 기대하겠소이다."

그 말에는 어딘가 유쾌하다는 감정이 담겨 있었다.

한편 유즈루는 미간을 찌푸렸다.

"료젠지 씨. ……제 약혼자를 너무 곤란하게 만드는 일은 그만두셨으면 합니다."

"회장님. ……연배도 있으신 분이 젊은 여자에게 그런 장난을 치는 건, 조금 어른스럽지 않다고 생각해요."

히지리도 강한 말투로 키요시를 나무랐다.

그러자 키요시는 보란 듯이 수염을 만졌다.

"글쎄, 무슨 이야긴지……."

그렇게 의뭉을 떨듯이 고개를 갸웃거렸다.

아무리 그래도 이것까지 보면 아리사도 깨달았다.

시험당한 것이었다.

새삼스러운 긴장감에 아리사의 심장이 격렬히 뛰었다.

"아니, 허나 미안하네. 애석하게도 아들놈이랑 다른 손자 하나는 나가고 없어서 말이오. 뭐…… 결국 신년에 만날 수 있다면 문제는 없겠지."

얼버무리듯이 그렇게 말하더니 키요시는 유즈루를 똑바로 바라봤다.

"아니, 헌데…… 시간의 흐름은 빠르구먼. 카즈야 도령과 사요리 씨의 성혼을 축하하던 것이 바로 어제 일처럼 여겨지는데 그 두 사람의 아이가, 이제는 약혼자까지 생겨서는…… 수년 뒤에는 가정을 가지게 되다니. 이제는 나도 늙었다는 게로군."

어딘가 그립다는 말투로 그렇게 말했다.

하지만 그의 눈빛은 번쩍번쩍, 계속 빛나고 있었다.

"최근 수십 년의 변화는 실로 빨라. 많은 것들이 어지러이 바뀌지. 료젠지도, 타카세가와도. 예를 들면, 그렇지, 타카세가와와 우에니시의 후계자가 같은 배움터에서 학문을 익힌다니, 과거에는 생각할 수도 없는 일이었어."

절실하게, 과거를 그리워하듯.

그리고 시간의 변화에 놀라움과 감탄, 쓸쓸함을 느끼는 것처럼.

"하지만 변함없는 것도 있지. ……그래, 예를 들면 우정이야. 돈이 떨어지면 인연도 떨어지지. 바로 그렇기에, 돈으로는 바뀌지 않는 탄탄한 우정에는 가치가 있어. 그렇게 생각하진 않으시는가?"

그것은 우연히도, 카즈야가 유즈루에게 한 말과 같았다.

하지만 이것은 놀랄 일은 아닐 것이다.

아마도 그것은 유즈루의 증조부가 입에 담았던 말이고, 그것이 타카세가와와 료젠지 양쪽에 계승되고 있을 뿐인 이야기니까.

"예. ……아버지도 그렇게 말씀하셨죠. 그리고 저도 마찬가지로, 그렇게 생각해요. 히지리와는, 히지리 군과는 앞으로도 개인적으로 친구로서 친하게 지냈으면 좋겠다고 생각해요."

유즈루의 대답에 키요시는 만족스러운 듯 끄덕였다.

"호오, 카즈야 도령도 같은 말을. 그건 참으로 훌륭하군.

앞으로 타카세가와와 료젠지의 관계가 어떻게 변할지라도, 손자들과 오래오래 친구로 지내준다면, 이 늙은이로서는 안심이구려."

이제까지처럼, 손자들과 대등하게 사이좋은 친구 사이였으면 한다.

그런 부탁을 하는 키요시에게 유즈루는 크게 고개를 끄덕였다.

그리고 잠시 생각한 뒤, 차분한 목소리로, 부드러운 미소를 짓고서 말했다.

"물론이에요. 료젠지는 타카세가와의 맹우. 그건 제 대가 되더라도 변함없어요. 저희 증조부의 의지는 확실하게, 변함없이 계승해나갈 생각이에요."

'타카세가와'와 '료젠지'의 상하 관계는 앞으로도 변함이 없다.

확실하게 그리 대답한 것이었다.

그리고 너무 오래 머무르는 건 료젠지 가문에게도 폐가될 것 같아서, 유즈루와 아리사는 슬슬 물러나기로 했다.

히지리는 돌계단을 내려가며 머리를 긁적였다.

"아니, 뭔가, 미안하네. ……틀림없이 할아버지는 집에 없을 거라고 생각했는데."

히지리로서는 정말로 유즈루와 아리사에게 집을 안내하고, 차를 대접하고서 돌려보낼 생각이었던 것이다.

료젠지 키요시의 출현은 예상하지 않았다.

"젊은 여자가 왔다며 흥분해 버린 모양이라…… 미안해, 아리사 씨."

히지리는 그러면서 아리사에게 사과했다.

한편 아리사는 쓴웃음 지었다.

"아뇨, 괜찮아요. ……뭐라고 해야할까. 이래저래 큰일이네요."

유즈루와 키요시의 마지막 대화가 의미하는 바를, 아리사로서는 알 수 없었다.

하지만 무언가, 말과는 또 다른 의도가 담겨 있다는 것은 분명했다.

"어, 뭐냐. 그렇게 어렵게 애써 꾸며 낼 필요는 없어. ……딱히 기록한 것도, 아무것도 없으니까."

유즈루는 그러면서 어깨를 으쓱였다.

"하아…… 나는 그런, 시답잖은 재치 대결 같은 건 하기 싫은데 말이지. ……특히 친구하고는."

히지리는 그러면서 고개를 갸웃거렸다.

그 말에 유즈루는 작게 웃음을 흘렸다.

"동감이야. 너와는 그저 평범한 친구이고 싶거든."

다만 현 시점에서는 히지리가 후계자가 될지는 확실하지 않았다.

키요시가 굳이 손자들, 이라는 표현을 사용한 것은 그런 이유였다.

유즈루로서는 히지리의 숙부나 사촌이 상대하기 편하다. ……쓸데없이 개인적인 감정이 들어가지 않아도 된다.

그런 생각을 하는 사이에 산을 내려왔다.

"여기까지면 충분해."

"오늘은 감사했어요."

"어, 그럼."

히지리와 헤어진 두 사람.

이미 해는 거의 저물어서 하늘은 석양빛으로 물들어 있었다.

"……저기, 유즈루 씨."

"왜?"

"제 대답은…… 그걸로 괜찮았나요?"

아리사의 물음에 유즈루는 잠시 생각하고서 대답했다.

"으—음, 뭐, 그러네. 실제로 그건 아리사가 어떤 성격인지, 타카세가와 료젠지의 관계를 어느 정도 알고 있는지, 어떤 인식인지를 떠보고 싶었을 뿐일 테니까."

키요시 쪽은 아리사를 곤란하게 만들려고 질문한 것이었다.

그래서 키요시가 아리사의 대답에 마음이 상할 일은 없고, 애당초 마음이 상했을지라도 그것을 타카세가와 료젠지, 혹은 아마기라는 가문 사이의 관계로 끌어들이겠느냐면, 그럴 일은 없다.

다만…….

"네가 자신이 인사를 가야한다고 뭐, 그런 취지를 말하지 않았던 건, 타카세가와의 입장으로서는 나쁘지는 않았을까. 네가 타카세가와 쪽이 료젠지보다도 위라고 인식한다는 사실이 상대에게 전해졌어. 그걸로 충분해."

어느 쪽이 위인지 아래인지, 그런 것은 확실하게 표현해야만 한다.

예를 들면…… 언젠가처럼 지방 의원의 자식에게 모욕당한다는 식의 일은, 절대로 있어선 안 되는 것이다.

"……사실은 조금 더 거만하게 구는 편이 나았다든지?"

"아니…… 그건 그것대로, 조금."

인사하러 가겠다는 것은 그다지 좋지 않다.

하지만 인사 오는 것을 기다릴게요, 그러는 것은 지나치게 위에서 깔아보는 시선이다.

그러니까 "저도 타카세가와에 인사를 가니까, 겸사겸사 만날 수 있다면 기쁘겠어요—"라는 대답은 적절할 것이다.

아리사가 타카세가와에 인사하러 가는 것은 딱히 이상한 일이 아니다.

"으, 으음…… 어렵네요."

불안한 듯, 자신 없다는 듯이 아리사는 중얼거렸다.

앞으로도 높은 사람과 만날 때마다 그런 대화가 요구된다면, 자신이 없어져 버린다.

학교 시험과는 달리 정답이 없고, 게다가 예고도 없으니까.

"말해두겠는데, 아리사. ……저런 성가신 소리를 하는 녀석은, 그렇게 많지 않아."

"……그런가요?"

"그야, 사람에 따라서는 저런 성가시고 답답한 걸 꺼리니까."

결국에 사람에 따라서 다르다는 것이 현실이었다.

지역성이나 가풍에 따른 차이가 있기도 한다.

"애당초 그 영감님은 가장 성가신 타입이야."

저런 노인이 몇 명이나 있다면 마음이 꺾여버린다.

애당초 저런 대화는, 상대가 제대로 의도를 파악하는 것을 전제로 하는 법이다.

대—앵, 같은 태도가 돌아오고 만다면 본말전도다.

"그럼…… 너무 신경 쓰지는 않는 편이 나을까요? 아니, 하지만……."

"내가 곁에 있어. 너는 당당하게 있어 준다면, 그걸로 괜찮아."

불안해하는 아리사의 손을 유즈루는 꽉 붙잡았다.

아리사는 살짝 뺨을 붉히고, 작게 끄덕였다.

"유즈루 씨……."

아리사도 꽈악 손을 붙잡았다.

그리고 살며시 거리를 좁히고, 유즈루의 팔을 끌어안듯이 몸을 밀착시켰다.

의도했는지, 아니면 의도하지 않았는지…….

아리사의 부드러운 가슴이 유즈루의 팔에 눌렸다.

살짝 유즈루의 혈류가 빨라졌다.

"……좋아해요."

아리사는 작게 중얼거렸다.

그리고 유즈루를 올려다보고 훗, 작게 웃었다.

"나도…… 응, 좋아해."

유즈루가 속삭이듯이 대답하자 아리사는 조금 불만스러운 듯 입술을 삐죽였다.

"조금 더, 큰 목소리로 말할 순 없나요?"

"아, 아니…… 사랑은 성량이 아니잖아?"

부끄러운 듯 유즈루는 그렇게 대답했다.

※

유즈루와 아리사가 꽃놀이 데이트를 하고 얼마 뒤.

"아하하하하하!!!"

흑발에 호박색 눈동자의 소녀가 배를 붙잡고서 웃고 있었다.

"여전히 타카세가와는 귀찮은 일을 하는구나."

소녀── 타치바나 아야카는 한바탕 웃고는 즐거운 듯 말했다.

반면에 아야카 정면에 앉아 있던 아마포색 머리카락의 소녀── 유키시로 아리사는 쓴웃음을 지었다.

"역시 이상한 건가요? 타카세가와와 료젠지의 특수한 사정 때문인 거죠?"

그러자 아야카 옆에 앉아 있던 갈색 머리카락 소녀—— 우에니시 치하루가 대답했다.

"우리 집은 한다고요?"

"우리 집은 안 해."

아리사 옆에 앉아 있는 흑발 소녀—— 나기리 텐카도 대답했다.

네 사람은 고등학교 근처의 카페에 있었다.

이른바 여자 모임이 한창 진행 중이었다.

그때 아리사가 유즈루와 꽃놀이를 갔을 때, 료젠지 가문을 방문한 에피소드를 이야기한 것이었다.

"저도 귀찮다고 생각한 적은 있지만…… 역시나 편리하거든요. 그게 왜……『절 어떻게 생각하나요?』라고 직접 물어보면 안 되잖아요."

이 자리에서는 소수파가 된 치하루는, 그런 쪽의 대화를 나누는——에둘러서 상대의 본심을 묻는——이유를 이야기했다.

료젠지에서 나눈 대화를 예로 들자면…… 료젠지 키요시가 아리사에게 "너, 타카세가와하고의 상하 관계를 어떻게 생각하느냐?" 같은 식으로 직접 물어볼 수는 없다.

그것은 너무나도 직접적이고, 실례되고…… 무엇보다도 '우아'하지 않다.

그렇기에 얼핏 질문으로 보이지 않을 법한 방식으로 물어보고, 아리사의 반응에 따라서 그것을 판단한다는 방법을 취했다.

"아무리 에둘러서 말한다고 해도, 상대에게 진의가 전해진 시점에서 똑같다고 생각하는데. 물어보기 힘들다면 그냥 안 물어보면 되고, 그것을 어떻게든 듣고 싶다면 그냥 직접 물어봐야 해."

아야카는 그러면서 작게 웃었다.

그러자 치하루는 쓴웃음을 짓고 어깨를 으쓱였다.

"아니…… 좀 거북하네요. 역시나…… 타치바나 씨는 마음에도 여유가 있네요."

주머니에 여유가 있으니까(재력이 있으니까) 마음에도 여유가 있네요. (의역: 우에니시보다 부자라고 까불지 마.)

그런 야유였다.

"그렇게나 칭찬하면 부끄러운데."

의미를 알고서도 아야카는 시원스레 그렇게 대답했다.

한편 치하루도 생글생글 미소를 무너뜨리지 않았다.

"귤껍질은 다른 과일과 비교하면 두껍다고 해요."

오렌지가 사용된 케이크를 먹으며 치하루는 그렇게 말했다.

타치바나(橘)──타치바나는 귤나무 귤(橘)을 쓴다──는 낯가죽이 두껍다는, 그런 의미였다.

"해충한테서 자신을 지키려는 거라고 해. ……수박보다

는 얇지만."

우에니시(上西)——수박(스이카. 西瓜)과 같은 한자(西)를 사용한다——정도는 아니라고, 아야카는 대답했다.

"귤의 냄새로 해충을 쫓아내려는 거라고 해요. 사람에 따라서는 불쾌하게 느끼는 경우도 있다든지."

타치바나 가문처럼 진심을 포장하려 하지 않는 대화방식은, 때로 다른 사람을 불쾌하게 만든다.

치하로는 그리 말하며 작게 코웃음을 흘렸다.

"흐─응…… 그런데 치하루는, 귤은 좋아해?"

아야카는 그렇게 물었다.

그러자 치하루는 케이크 위에 놓여 있던 오렌지를 포크로 집어서 입으로 옮기며 대답했다.

"먹어 버리고 싶을 정도로 좋아해요."

"나도…… 수박, 엄청 좋아해."

"아야카 씨……."

"치하루……."

서로 마주보는 두 사람.

그때 짝짝, 메마른 소리가 났다.

"예예, 거기까지 해두시고."

텐카가 손뼉을 친 것이었다.

아야카와 치하루는 작게 어깨를 으쓱였다.

"……아야카 씨도 하잖아요."

하는 말이랑 하는 행동이 다르잖아요.

그렇게 말하고 싶은 모양인 아리사.

"평소에 안 하는 거랑, 하려고 생각하는데 못 하는 건 다르거든."

칫칫칫, 아야카는 손가락을 흔들었다.

요컨대 적극적으로 하지는 않지만, 당하면 갚아주는 정도는 한다는 이야기였다.

"뭐…… 일본어는 때와 경우에 따라서 존댓말이나 존칭, 일인칭을 바꿀 수 있으니까…… 그것의 연장선이겠네."

부모님이나 친구와 대화할 때와, 선배나 교사와 대화할 때에는 말투를 바꾸기도 한다.

기본적으로는 그것과 같다.

"일인칭이라면…… 남자는 참 힘들겠네. 우리는…… 기본적으로 '저(와타시)'라고 하면 그만인데, 남자는 이것저것 종류가 있으니까."

남성은 '나(오레)'라는 일인칭을 쓰는 경우가 많지만……

공적인 자리에서는 '저(와타시)', 또는 더욱 격식을 차려서 '저(와타쿠시)'라는 일인칭을 사용하는 것이 보통이다.

"유즈루 씨는 가끔씩 '나(보쿠)'라고 해요."

아리사는 유즈루를 떠올리며 말했다.

아리사의 양아버지나 의오빠, 또는 료젠지의 노공을 상대로 유즈루는 '나(보쿠)'를 썼다.

형식상 자신보다도 손윗사람에게는 '나(보쿠)'를 쓴다는 규칙이 유즈루 안에는 있는 듯했다.

"타카세가와 군이 그러는 건…… 응, 뭐, 그럭저럭 상상이 되네."

텐카는 응응 끄덕였다.

겉모습은 가정교육을 잘 받은 것처럼 보이니까, '나(보쿠)'를 쓰더라도 그다지 위화감이 없는 것이다.

"유즈룽은 그런 부분을 구분해서 쓸 수 있는 사람의 전형적인 예시라고 할까, 세세하게 바꿔서 쓸 줄 아니까 말이지."

"뭐, 그에 대해서는 저희도 마찬가지지만요. 하지만…… 그 가문은 더욱 까다롭단 말이죠, 그런 쪽의 상하 관계."

글쎄, 그럴까? 아리사는 고개를 갸웃거렸다.

이전에 아리사가 머무르던 때에는 그런 분위기는 느끼지 않았다.

그렇지만 그때는 유즈루의 조부모는 없었고, 무엇보다 머무른 기간도 짧았다.

아야카나 텐카는 유즈루의 소꿉친구니까 아리사가 모르는 모습을 알고 있어도 이상하지는 않았다.

"그런데…… 아리사. ……유즈룽이랑 키스는 했어?"

"후에에!"

갑작스러운 아야카의 질문에, 아리사는 얼굴이 달아올랐다.

하마터면 그만 커피를 뿜을 뻔했다.

"키스? 무슨 이야긴가요?"

"자세히 이야기 해줘."

흥미진진하게 치하루와 텐카가 몸을 내밀었다.

그러자 아야카는 어째선지 득의양양하게 아리사가 연애 상담을 청한 것——이야기를 부풀리며——을 이야기했다.

"그래서…… 했어?"

"했나요?"

"어땠어?"

세 사람이 캐묻자 아리사는 몸을 움츠리고 얼굴을 붉힌 채, 가냘픈 목소리로 대답했다.

"그, 그게…… 빠, 뺨까지……."

그러면서 아리사는 자신의 뺨을 만졌다.

신기하게도 떠올리는 것만으로 그때의 감촉과 황홀한 기분이 되살아나는 것 같았다.

"……입술은?"

"아, 아뇨…… 그, 그게, 밖이었다고요?!"

"순진하긴."

"순진하네요."

밖에서 뺨에 키스를 하는 커플이라면, 어차피 다른 사람의 눈에는 주책없는 커플임에 다를 바 없는 것이다.

그렇다면 입술까지 해치우면 그만이었잖아…….

아야카, 치하루, 텐카는 어이없다는 표정으로 그렇게 말했다.

"다, 다음 기회에 성공하겠어요! ……언제까지고 이런

분위기인 건 좋지 않다고, 저도 알아요."

아리사도 언제까지고 질질 끌 생각은 없었다.

지금이야 어쨌든, 이런 분위기로 계속 간다면 언젠가는 유즈루에게 '귀찮은 여자'로 여겨지고 만다…… 그렇게 생각하니까.

"……딱히 서두를 것 없다고 생각하는데 말이지."

하지만 그렇게 생각하는 것은 아리사뿐이었다.

아야카는 물론 치하루도 텐카도…… 아리사가 지나치게 걱정한다고 느꼈다.

고작해야 키스에 부끄러워하는 것 정도로 '귀찮은 여자'라고 여겨질 것이라 걱정하는 편이 오히려 '귀찮은 여자'가 아니냐고…… 아무리 그래도 그런 말까지 꺼내지는 않았지만.

"딱히 서두르려는 생각은 아니에요. 유즈루 씨가 저를 정말정말 좋아한다는 건 알고, 저보다도 미인인 사람은 좀처럼 없다고 생각하지만……."

자기 입으로 말하는 거냐…….

세 사람은 내심 기가 막혔다.

"하지만, 그러니까…… 유즈루 씨는 절 계속 좋아하고, 지금 이상으로 좋아해 줬으면 싶다고 할까……."

"아리사 씨. 낚은 고기한테 미끼를 주지 않는다는 것도, 때로는 중요하다고 생각해요."

아리사의 말을 끊듯이 치하루는 그런 이야기를 꺼냈다.

아리사는 고개를 갸웃거렸다.

"그건…… 무슨 뜻인가요?"

"알겠나요? 수컷이라는 건 많은 암컷과 자손을 남기고 싶다는 본능이 있어요."

치하루는 자신만만하게 그리 말했다.

마음속에서는 '나도 모르지만' 하고 마지막에 덧붙였지만, 마음속의 목소리니까 아리사에게는 들리지 않았다.

"그러니까 기본적으로는 암컷 하나와 일을 마치면, 다음 암컷으로 눈길이 옮겨가는 법이에요."

"동물에 따라서도, 개인에 따라서도 다르다고 생각하는데…… 인간 남성 전체에 들어맞는 것처럼 일반화하는 건 위험할 것 같은데……."

"그런 법이에요!"

"아, 예."

치하루의 기세에 삼켜져서 아리사는 무심코 고개를 끄덕였다.

"그러니까 아리사 씨가 계속 유즈루 씨가 좋아해 주길 바란다면…… 아직 완전히 몸을 허락하지는 않은 것 같다는 느낌이 좋아요. 그러는 편이 분명히, 이 여자의 몸도 마음도 내 색깔로 물들여 주겠다는 것 같은 의욕이 솟구칠 테죠."

잘은 모르겠지만.

그렇게 치하루는 마음속으로 덧붙이며, 가슴을 펴고 말

했다.

"확실히. 만족시키지 않는다는 것도 중요하겠네."

"말을 계속 달리게 만들고 싶다면, 당근은 간단히 주면 안 돼."

아야카도 텐카도, 치하루를 옹호하듯 그렇게 말했다.

물론 아야카도 치하루도 텐카도 진심으로 '치하루 이론'을 믿는 것은 아니었다.

그저 아리사의 정신 건강상, '간단히 키스를 하지 않는 것도 전략 중 하나'라고 생각하게 만드는 편이 낫겠다고 판단한 것이었다.

"그, 그런가요? ……그, 그렇군요. 그 말을 듣고 보니…… 확실히."

연애는 밀당이다.

어디선가 얼핏 들은 말을 아리사는 떠올렸다.

"그럼…… 이제부터 저는 어떻게 행동하면 될까요?"

"그건 앞으로의 데이트 예정에 따라서도 다를 거라 생각하지만…… 뭔가 예정은 있어?"

"현재로서는 딱히…… 아―, 하지만 수영을 가르쳐 달라고 약속은 했어요."

구체적으로 언제인지 약속을 하지는 않았지만, 아무리 그래도 학교에서 수영 수업이 시작되기 전에는 기초를 배우고 싶었다.

"그렇다면 수영복인가요…… 괜찮지 않나요? 애를 태우

는 걸 목적이라고 생각한다면."

"그, 그런가요?"

"눈앞에 매달 당근으로는 최적이잖아."

"다, 당근이라니……."

치하루와 텐카의 말에 아리사는 쓴웃음 지었다.

확실히 아리사가 자신의 매력을 다시금 유즈루에게 재인식하게 만든다는 의미에서 나쁘지는 않을지도 모르겠지만…….

"일단 목적은 수영을 배우는 거죠? 비키니 같은 귀여운 수영복을 입을 수는 없으니까…… 입는다면 경영 수영복이라든지 학교 수영복이라든지, 수수한 거겠네요?"

수영을 배우겠다는 목적인데도 전혀 헤엄칠 생각이 없어 보이는 수영복을 입을 수는 없다.

그런 수영복을 입는다면 제아무리 유즈루라도 어이가 없을 것이다.

"이것 참―, 모르는구나, 아리사는. ……경영 수영복 쪽이 오히려 좋잖아."

"전혀 유혹할 생각은 없다고요? 라는 느낌에서 배어 나오는 매력 쪽이, 애를 태우기에는 효과적인 법이에요."

"호, 호오…… 그런……가요?"

아야카와 치하루의 말에, 아리사는 텐카 쪽을 보며 그렇게 물었다.

한편 텐카는 뺨을 긁적이며 대답했다.

"뭐, 뭐어…… 남자 중에는 귀여운 옷이나 수영복보다, 체육복이나 학교 수영복 같은 게 좋다는 사람이 있다고는 들었어."

"그, 그렇군요……."

그러고 보니 아리사의 약혼자도, 사복일 때보다 체육복을 입고 있을 때에 아리사 쪽으로 그런 시선을 보내는 빈도가 높았다…….

그런 느낌이 없지도 않았다.

"결정이네. 유즈룽을 유혹하자."

"정말이지, 부럽네요, 유즈루 씨."

"자, 잠깐만요!"

아리사는 당황해서는 아야카와 치하루를 막았다.

"유, 유혹이라니…… 수영을 배우는 도중에 그런 짓을 한다면, 이, 이상하잖아요."

뭐야, 이 녀석? 진지하게 할 생각이 있나?

그렇게 여겨질 것만 같았다.

"딱히 아리사가 아무것도 안 해도…… 수영을 친절하게 배우는 거잖아?"

"그 과정에서 고의든 우연이든, 이래저래 닿는 거 아닌가요."

"무, 무슨……!"

그런 생각을 하지 않았던 아리사는 얼굴을 붉혔다.

그런 아리사가 재미있는지, 아야카와 치하루는 생글생

글하는 표정으로 말했다.

"아— 어쩌면 고의로 만지려고 그럴지도—."

"이건 시뮬레이션을 해둬야 하는 거 아닌가요?"

"그, 그런 일을! 유, 유즈루 씨가 할 리가……."

광경을 상상하고 말았는지 아리사는 꾸물꾸물하기 시작
했다.

그런 아리사를 재미있게 여겼는지, 아야카와 치하루는
더더욱 아리사를 놀렸다.

한편 텐카는 어이없다는 표정으로 말했다.

"너무 놀리지는 말라고. ……괜찮아, 타카세가와 군은
일부러 그런 짓을 할 사람이 아니야."

"그, 그렇……겠죠?"

"만지고 싶다면 만지고 싶다며 신사적으로 부탁할 사람
이야."

"부, 부탁을 한다니 그건 그것대로 곤란한데요……."

아리사는 더더욱 작게 위축되며 그렇게 말했다.

맞선 보고 싶지 않아서

억지스러운 조건을 달았더니

동급생이 온 일에 대해서

　어느 일요일.

　"조금 늦었네……."

　유즈루는 총총히 아리사와 약속한 장소인 역으로 향하고 있었다.

　오늘은 아리사와의 데이트.

　다만 수영 수업에 대비해서 수영을 가르쳐 준다는 중요한 목적이 있으니까, 결코 노는 것은 아니었다.

　'아리사 쪽에서 제안하는 건 드문 일이니까 말이지.'

　처음부터 약속한 일이라고는 해도, 다음 일요일에 가자고 제안한 것은 아리사 쪽이었다.

　평소에는 자기주장이 적은 아리사치고 드문 일이었다.

　그러니까 그만큼 진심…… 수영을 배우고 싶다는 의지가 강한 것이리라.

　'나도 진지하게 해야겠지.'

　그러나 이미 지각해 버렸지만…….

　그런 생각을 하는 사이에 간신히 역에 도착했다.

　약속 장소로 시선을 향하자 그곳에는 아마포색 머리카락의 소녀가 있었다.

그녀의 색소 옅은 갈색 머리카락은 염색으로는 나올 수 없는 색깔이고, 게다가 일본에서는 거의 없는 머리 색깔이라 한눈에 알 수 있었다.

그녀는 연신 휴대전화를 보며——아마도 시간을 확인하는 것이리라——차분히 있지를 못하는 모습이었다.

'……혹시 화났나?'

유즈루는 천천히 다가가서 머뭇머뭇 말을 걸었다.

"……아리사."

"아, 예. 유즈루 씨!"

아리사는 이쪽을 돌아봤다.

평소처럼 귀여운 외모의 약혼자이지만…… 평소와 분위기가 조금 달랐다.

시선을 헤매며 어딘가 긴장한 것 같은 표정이었다.

"미안해, 좀 늦었어."

"아, 아뇨…… 괜찮아요. ……5분 정도, 늦은 축에도 안 들어가요."

"그렇게 말해주니 기뻐."

아무래도 화가 난 것은 아닌 듯했다.

하지만 그건 그렇다 치더라도 평소와 분위기가 다른 것도 사실이었다.

"아리사…… 무슨 일 있었어?"

"예? 저기…… 저, 뭔가 이상한가요?"

"아니, 평소보다 차분하질 못한 것 같은 느낌이니까."

"그, 그런가요……?"

"혹시 수영복을 깜박했다든지?"

수영복을 잊은 것을 조금 전에 깨달았다.

이번 데이트는 자기가 제안한 이상, 새삼스럽게 '수영복을 가지러 집으로 돌아갈게요'라고 말하기는 힘들고…….

그런 느낌일까, 유즈루는 적당히 예상을 해봤다.

아리사는 조금 느슨한 구석이 있으니까 충분히 있을 법했다.

"수, 수영복……?!"

"혹시 정말로……?"

"아, 아뇨, 설마요. 수영복은…… 제대로 가져왔어요. 당연하잖아요…….”

그러면서 아리사는 들고 있는 가방으로 시선을 옮겼다.

제대로 가져왔나 보다.

"컨디션이라도 나쁜 거야?"

"아, 아뇨…… 조, 조금 긴장한 것뿐이에요."

"그렇구나."

수영 연습 전에 긴장했을 뿐이라고 한다. 조금 지나치게 긴장해서 조금 지나치게 기합을 넣은 것이리라.

아리사다웠다.

"물에 들어가면 금방 풀릴 거라 생각하니…… 괜찮아요."

"그런가. 하지만 뭐…… 어떤 자잘한 일이라도, 무슨 일이 있다면 말해줘."

정신이나 육체의 상태는 경시할 수 없다.

자잘한 컨디션 불량으로 물에 빠질 가능성도 있으니까.

"그럼, 가자."

"아 예!"

유즈루는 아리사의 손을 잡고서 걷기 시작했다.

……약혼자의 뺨이 살짝 붉은 빛을 띠고 있다는 것을, 유즈루는 깨닫지 못했다.

그리고 유즈루와 아리사가 찾은 곳은 공영 온수 수영장 이었다.

평소에는 겨울철에 수영부 등이 사용하거나, 수영 교실 따위가 열리고는 한다.

그리고 휴일에는 일반 시민에게도 공개되어 있으니까…… 유즈루와 아리사도 이용할 수 있었다.

"호오…… 의외로 넓구나."

한발 먼저 수영복으로 갈아입은 유즈루는 실내 수영장 을 둘러보며 중얼거렸다.

어린이용 얕은 수영장과 50미터짜리 수심이 깊은 어른 용 수영장이 있었다.

사람은 적어서 물 속을 걷는 노인이 있는 정도였다.

딱히 문제없이 연습할 수 있을 것 같았다.

'……수영복은 이걸로 괜찮겠지?'

유즈루가 가져온 수영복은 수영 수업용으로 구입한 것,

그러니까 남성용 학교 수영복, 스포츠용 수영복이었다.

처음에는 레저용으로 가져올까 생각했지만, 아리사가 의욕적인 느낌이었기에 제대로 된 스포츠용으로 했다.

'아리사의 수영복인가⋯⋯.'

약 1년 전의 여름에 목격한, 아리사의 매력적인 몸매가 뇌리를 스쳤다.

그때는 검은색 비키니에, 아리사의 하얀 피부가 무척 도드라지던 것을 기억하고 있었다.

그런 수영복을 입고 온다면, 유즈루는 자신의 남자로서의 부위를 억누를 수 있을지 알 수 없었다.

이번에는 스포츠용 수영복이기도 해서 미처 감출 수 없을 것이다. ⋯⋯틀림없이 눈에 띈다.

다만 아리사는 유즈루 이상으로 TPO를 잘 판별하고 있으니까, 아무리 그래도 비키니를 입지는 않을 테지만.

'평상심⋯⋯ 평상심이야. 오늘은 놀러 온 게 아니니까. 진지하게 하지 않으면 아리사한테 혼이 난다고⋯⋯.'

"기다리게 했네요⋯⋯ 유즈루 씨."

등 뒤에서 목소리가 날아들었다.

두근, 유즈루의 심장이 크게 뛰었다.

돌아봤더니 옷을 갈아입은 아리사가 서 있었다.

"⋯⋯아니, 나도 좀 전에 막 갈아입었으니까."

그런 말로 답하며 유즈루는 아리사의 수영복 차림을 찬찬이 관찰했다.

이번에 아리사는 비키니가 아니라 경영 수영복을 입고 있었다.

　검은 바탕에 빨간 선이 들어간, 무척 심플한, 흔한 경영 수영복이었다.

　학교 수업에서 사용해도 아무런 위화감도 없는, 아니, 어쩌면 학교에서 사용할 예정인 수영복일지도 모른다.

　'일단 비키니가 아니라서 다행이네.'

　유즈루는 조금 안심했다.

　경영 수영복은 아리사의 피부에 딱 달라붙어서, 그녀의 멋진 몸매를 떠오르게 만들었다.

　흉부는 천으로 눌려 있어서 살짝 소극적으로 보이기도 하지만, 대신에 잘록한 허리가 도드라졌다.

　하복부는 하이 레그 컷 타입이라서 아름답고 긴 다리가 대담하게 노출되어 있었다.

　'……어라? 혹시 비키니보다 야한 거 아냐?'

　물론 피부 노출은 비키니보다도 적었다.

　하지만 비키니와 비교해서 번뇌를 자극하지 않느냐고 그러면 꼭 그런 것은 아니었다.

　'뭐, 뭐어, 미인은 뭘 입어도 어울린다고 할까…….'

　유즈루는 마음속으로 식은땀을 흘렸다.

　"그렇게 쳐다보면…… 곤란한데요."

　아리사는 곤혹스럽다는 듯 그렇게 말했다.

　부끄러운 듯이 한 손으로 자신의 몸을 안고, 불편한 듯

다리를 오므리고, 허벅지와 허벅지를 비볐다.

……하지만 몸을 가리지는 않았다.

"아, 아니, 미안해."

유즈루는 사과하고는 황급히 눈을 피했다.

경영 수영복은 비키니와 달리 어디까지나 실용성 중시에 패션성은 없다.

아리사도 진지하게 수영을 배우려고 입은 것이지, 유즈루에게 보여주는 것을 상정하지는 않았으리라.

그렇기에 조금이라고는 해도 관능적이라 느끼고 만 것은…… 무척 거북했다.

"가, 갈까."

유즈루는 그러면서 수영장으로 가려고 했지만…….

"그, 그 전에…… 할 일이 있지 않나요?"

"그, 그러네. 준비 운동을……."

"그, 그 전에, 말이에요."

아리사는 그러면서 천천히 유즈루에게 다가갔다.

자연스럽게 흉부의 둔덕으로 시선이 가고, 황급히 눈을 돌려 아래로 향하자 살짝 아슬아슬한 부분이 시야에 들어오고 말았다.

체념한 유즈루는 아리사의 얼굴을 똑바로 봤다.

아리사는…… 조금 화난 것 같은, 토라진 것 같은 표정을 지었다.

"뭐, 뭘까요…… 아리사 씨."

"할 말이…… 있지 않나요?"

"……할 말?"

"옛날의 유즈루 씨는…… 말해줬어요."

옛날의 자신?

유즈루는 마음속으로 고개를 갸웃거렸다. 무슨 이야기인지 유즈루로서는 짐작이 가지 않았다.

"저기……."

"여, 여자가…… 유즈루 씨가 좋아하는, 유즈루 씨를 좋아하는 여자가, 약혼자가 수영복을 입고 있다고요? ……뭔가 해야만 하는 말, 있잖아요?"

그런 말까지 듣는다면, 유즈루도 깨닫는다.

작게 끄덕인 다음에 대답했다.

"잘 어울려."

"그것뿐……인가요?"

하지만 유즈루의 대답은, 약혼자님께는 충분하지 않았나 보다.

"매, 매력적이라고……."

"구, 구체적으로…… 어디가, 어떤 식으로 어울리나요?"

구체적으로.

그 말에 유즈루는 말문이 막혔다.

물론 구체적으로 대답할 수는 있다.

하지만 이전의 비키니와는 달리 경영 수영복인 이상, 수영복 그 자체의 패션성을 칭찬하는 것은 조금 어렵다…….

필연적으로 수영복에 따라서 아리사의 몸매가 얼마나 매력적으로 비치는지, 그런 내용이 되어버리니까 조금 대답하기 힘든 부분이 있었다.

"혹시…… 이상, 한가요?"

"그런 건 아니야!"

유즈루는 강한 말투로 그렇게 부정하고, 뜻을 다졌다.

"네 몸은…… 그게, 선이라고 할까, 굴곡이라고 할까, 강조되어서…… 무척 매력적으로 보여."

"……그것 말고는?"

붉게 물든 얼굴로 아리사는 유즈루에게, 뒷내용을 재촉했다.

"다리가 예뻐 보여. 물론 네 다리는 원래 평소부터 예쁘지만…… 평소보다도 훨씬 길고, 늘씬한 것처럼 느껴져."

"그, 그런, 가요."

"……다른 것 또 말할까?"

"아, 아뇨, 괜찮아요. 충분히 전해졌어요."

아리사는 눈을 피하고, 아무것도 아니라는 분위기로 대답했다.

하지만 그녀의 얼굴은 조금 붉어진 것처럼 보였다.

"……가죠."

아리사는 그렇게 말하고는 타박타박 걷기 시작했다.

유즈루는 황급히 아리사 뒤를 따르려다가…… 깜짝 놀랐다.

'······뒤쪽이 더 자극적이네.'

정면에서는 깨닫지 못했지만, 등은 대담하게 노출되어 있었다.

새하얗고 아름다운 등이 유즈루의 시야로 날아들었다.

살짝 시선을 아래로 향하자 둔부의 형태가 또렷하게 드러나 있었다.

"유즈루 씨."

그때 아리사가 갑자기 돌아왔다.

눈과 눈이 마주쳤다.

"뭐, 뭔데?!"

"이번에는······ 놀려고 온 게 아니니까요. 진지하게 해달라고요?"

못이 박혀 버렸다.

유즈루는 크게 끄덕였다.

그리고 유즈루와 아리사는 가볍게 준비 운동을 한 다음에 수영장으로 들어갔다.

"빠지면····· 구해줘요."

"물론이야. ·····자, 일단 어느 정도로 못 하는지 보고 싶으니까, 적당히 수영을 해보지 않겠어?"

"······애당초 수영 자체를 못 한다고요?"

"할 수 있는 만큼이면 되니까."

"······빠질 거예요."

"······발, 닿는다고?"

"사람은 30센티미터 깊이에서도 익사해요."

확실히 위험이 없는 것은 아니다.

하지만 실제로 보지 않고서는 판단할 수가 없다.

"반드시, 구해줄 테니까."

"······그럼, 10초 지나도 못 일어서면 구해줘요."

아리사는 그렇게 말하더니 크게 숨을 들이마시고 물에 잠겼다.

그리고 첨벙첨벙 팔다리를 움직이기 시작했다.

"······."

그 모습은 호수에 떨어진 벌레 같았다.

다행히도 빠지지는 않았나 보다.

10초 지나서 아리사는 일어섰다.

그리고 가만히, 유즈루에게 호소하듯이 말했다.

"안 떠요."

아무래도 제대로 물에 뜨는 방법부터 시작해야 할 것 같았다.

이것은 상당한 중증이었다.

"팔다리를 움직이지 않고, 철저하게 뜨는 것에만 집중한다. 할 수 있겠어?"

"······안 떠요."

"빠지면 구해줄게."

"······약속했으니까요."

아리사는 그러더니 팔짝, 수영장 바닥을 박찼다.

그리고 팔다리와 등줄기를 쫙! 펴고…….

소리도 없이 물에 가라앉았다.

잠시 후에 아리사는 일어섰다.

어찌 된 영문인지 뾰로통한 표정이었다.

유즈루는 무심코 쓴웃음 지었다.

아무래도 그녀는 자기가 못 하는 일이 있다면 기분이 나빠지는 버릇이 있는 듯했다.

오기가 강해서 그럴 것이다.

유즈루로서는 새로운 발견이었다.

"뭐, 이유는 알았어."

"……정말인가요?"

의아하다는 표정을 짓는 아리사.

아무래도 믿을 수가 없는 모양이었다.

"혹시, 힘이 들어가서 그렇다고 말할 생각인가요? ……딱히 힘이 들어갔다고 해서, 제 몸의 질량이나 체적은 변하지 않는다고 생각하는데요."

아무래도 과거에 그런 지도를 받았나 보다.

다만 결과는 보시다시피, 도움이 되지 않은 모양이지만.

"감각적인 게 아니라 가능한 한 이론적으로, 실천적으로 가르치도록 노력할게."

유즈루의 말에 아리사는 의심하는 표정을 지으며 작게 끄덕였다.

아리사가 수영을 못 하는 것은 물에 잘 못 뜨기 때문에, 그러니까 물속에서 자세가 바르지 않기 때문이었다.

수면과 평행하게, 머리는 살짝 숙이고, 그리고 등이 가장 위가 되는 모양으로 떠오르는 것 같은 형태가 이상적이지만…….

아리사의 경우에는 다리가 가라앉는 바람에 몸이 비스듬히 기울었다.

그래서 유즈루는 우선 뜨는 방법의 교정부터 시작했다.

처음에는 다루마 뜨기*.

다음으로 해파리 뜨기**를 시키고…… 그리고 마지막으로 팔다리를 뻗은 상태로 띄웠다.

"굉장해, 굉장하잖아, 아리사! 이렇게나 짧은 시간 만에 여기까지 할 수 있다니!"

"……칭찬이 좀 과장스러운 거 아닌가요? 아직 물에 떴을 뿐이라고요."

깔끔한 자세로 떠 있게 되었다.

그것만으로 유즈루가 과장스럽게 칭찬하자 아리사는 불만스럽게 입술을 꾹 내밀었다.

놀리는 것이라 생각한 모양이었다.

---

*몸을 둥글게 말고 등을 위로 향하게 하여 물에 뜨는 방법. 일본식 오뚝이인 다루마의 형상과 닮은 것에서 따온 명칭이다.

*팔다리를 아래로 늘어뜨리고 등을 위로 향하게 하여 물에 뜨는 방법.

"그렇지 않아. ……수영을 할 줄 아는 사람이라도, 물에 뜨는 게 서투른 사람은 있거든. 기초는 중요해. 이렇게나 빨리 익힐 수 있을 줄은 생각도 안 했어."

유즈루가 그렇게 말하자 아리사는 표정을 풀었다.

"그, 그런가요."

그리고 기쁜 듯 수줍게 미소 지었다.

귀엽다…… 유즈루는 진심으로 그렇게 생각했다.

그렇다고는 해도 아리사가 귀여운 것은 진실이지만, 동시에 과도하게 칭찬한 것도 진실이기는 했다.

애당초 유즈루는 아리사가 잘하든 못하든 가리지 않고 잔뜩 칭찬하기로 정했다.

뜨는 것은 중요하지만, 그 이상으로 물에 대한 공포심을 줄이는 것이 중요하다고 유즈루는 생각했으니까.

……게다가, 아리사가 풀이 죽은 모습을 보고 싶지 않다는 이유도 있었다.

즉 유즈루는 아리사에게 무르다는 뜻이다.

"……다음은 어떻게 하나요?"

"그러네. ……그럼 뜬 상태에서 내가 손을 잡아당길 테니까, 물장구를 쳐봐."

연습은 본격적인 수영 방법……의 기초로 들어갔다.

물장구 연습이었다.

"……어땠나요?"

"그러네……."

아리사는 일단 '뜨는 방법'에 근본적인 문제가 있었는데, '물장구'에도 큰 문제점이 있었다.

무릎을 크게 굽히는 것이었다.

그리고 수면을 첨벙첨벙 때렸다.

아리사의 수영이 '호수에 떨어진 벌레'로 보이는 원인이 이것이었다.

그것을 이야기하자 아리사는 고개를 갸웃거렸다.

"무릎을 굽히지 않는다니 가능한가요?"

"흠…… 일단 벽을 붙잡고서 해볼까."

유즈루는 아리사가 수영장 가장자리를 붙잡게 했다.

그리고 아리사의 발을 잡고 손을 움직여서 물장구 방법, 다리를 움직이는 방법을 가르쳤다.

"무릎을 움직이는 게 아니라 고관절부터. 다리 전체를 사용해서, 발등으로 물을 차는 이미지야."

"그, 그렇군요?!"

조금 교정한 것만으로도 점점 제대로 된 물장구로 바뀌었다.

유즈루가 잘 가르치기 때문……이라기보다는, 단순히 아리사의 운동 신경이 좋은 것이리라.

지도는 순조로웠다.

문제가 있다면…….

'여, 역시 눈에 해롭다고 할까, 뭐라고 할까…….'

유즈루의 눈앞에는 아리사의 늘씬한, 긴 다리가 있었다.

그것만이 아니라 허벅지인지 엉덩이인지 모를 부분까지 시야에 비쳤다.

좋아하는 사람의 그런 부분을 눈앞에 두고서 두근거리지 말라는 것이 무리였다.

"스, 슬슬 물장구만으로 수영하는 연습을 해볼까."

"예."

유즈루는 아리사의 손을 잡고서 끌어주었다.

한편 아리사는 물장구를 쳐서 앞으로 나아갔다.

처음에는 불안정했지만 이것도 서서히 안정되고…… 유즈루의 보좌도 '손을 대기만 하는 수준'으로 변했다.

"다음에는 중간부터 손을 놓을게."

사전에 그렇게 예고하고서 손을 대고, 물장구로 수영을 시키고, 그리고 유즈루는 손을 놓았다.

그러자…….

"어푸."

"아리사!"

아리사가 물속으로 쑥 가라앉았다.

유즈루는 황급히 아리사에게 다가가서 손을 붙잡고 끌어올렸다.

"유, 유즈루 씨!"

아리사도 필사적인 태도로 유즈루의 몸에 매달렸다.

그리고 어떻게든 유즈루의 부축을 받아서 일어섰다.

"조금 일렀을까?"

"그런 모양이에요. ……요령은 파악했다고 생각했는데."

유즈루가 손을 놓은 순간, 불안해지고 말았나 보다.

당황하면서 몸에 쓸데없는 힘이 들어가고, 폼이 무너지고, 가라앉아 버리고…… 그리고 패닉에 빠지고 말았을 것이다.

"다음은…… 조금 더 가까이, 곁에만 있어 줄래요?"

"어, 어어…… 응."

"……유즈루 씨?"

어째서 대답이 시원스럽지를 않지? 그런 말이라도 하고 싶은 듯, 유즈루의 약혼자는 고개를 갸웃거렸다.

무척 귀여운 동작이었다.

평소의 유즈루라면 여유를 가지고서 귀엽다고 생각할 테지만, 그러나 코끝이 닿을 듯한 거리에서 그것을 마주하자 확 와버렸다.

동시에 끌어 안겨서 멋진 몸매가 자신의 몸과 맞닿아 있으니, 더더욱 참을 수가 없었다.

"어, 미, 미안해요……!"

간신히 아리사도 자신의 여성으로서 매력적인 부분을 유즈루에게 꽉 대고 말았다는 사실을 깨달은 듯했다.

허둥지둥 떨어졌다.

그리고 부끄러운 듯 물속으로 숨었다.

"하, 하죠."

"어, 어어!"

수십 초 후, 물속에서 나온 아리사의 말에 유즈루도 끄덕였다.

그리고 유즈루는 아리사 곁에서 계속 보조했다.

조금 가라앉았을 때면 살짝 복부부터 들어 올려주거나, 흐트러진 물장구를 다시 교정하거나. 할 일은 이것저것 많았다.

하지만 그 모든 행동에서 아리사의 몸에 닿을 필요가 있었다.

그것뿐이라면 그래도 낫겠지만, 고의가 아니라 사고에 따른 접촉도 당연히 발생했다.

덧붙여서 아리사는 이따금 실패해서 몸의 균형을 잃고 가라앉아 버리는 경우가 있었다.

그럴 때마다 도와줬지만 불안해서 그런지, 본인도 필사적이라 그런지 유즈루에게 안겨드는 것이었다.

성공하면 또 그때는 기쁜 듯 유즈루와의 거리를 좁혔다.

조금 장난스럽게 바디터치를 당하는 경우도 여러 번 있었다.

이러니저러니 해도 유즈루는 잔뜩 긴장해서, 그 손길에 그대로 당하기만 했다.

'오, 오늘은 정말로…… 힘드네.'

벌렁벌렁 격렬하게 뛰는 심장을 자각하며 유즈루는 내심 한숨을 내쉬었다.

오늘은 묘하게 아리사에게 휘둘리는 것처럼 느껴졌다.

물론 아리사는 진지하게 수영을 배우겠다는 생각일 터이니, 유즈루와 알콩달콩하게 논다든지 유혹하려고 한다든지, 그런 것을 의식하지도 의도하지도 않을 터였다.

그런 상대를 쓸데없이 의식하는 것은 좋지 않다…….

그렇게 생각하면 할수록 의식하고 말아서 매력적으로 보였다.

부정적인 루프였다.

……약혼자의 매력을 재발견한다는 의미에서는 긍정적인 루프일지도 모르겠지만.

'아리사도 화를 낸다면 낫겠는데…….'

딱 한 번, 아리사의 민감한 부분을 손가락으로 스친 적이 있었다.

이건 역시나 화를 내겠지! 그러면서 유즈루는 아리사의 안색을 살폈지만…….

아리사는 유즈루를 보고 조금 부끄러운 듯이 미소 지을 뿐이었다.

이렇듯 다소 접촉이 있어도 아리사 쪽은 딱히 신경 쓰는 기색은 내비치지 않든지, 혹은 못 알아차린 척을 해주든지, 또는 부끄러운 듯 살짝 수줍게 미소를 짓는 정도의 반응밖에 드러내지 않았다.

유즈루가 일부러 만진 것이 아님을 이해하고, 또한 불가항력적인 접촉은 당연한 일이라고 결론을 짓고 있기 때문이겠지만…….

유즈루로서는 견딜 수가 없는 기분이었다.

그리고 그런 시간이 한 시간 반 정도 이어지고…….

"슬슬…… 쉬지 않을래요?"

"그, 그러네."

아리사의 제안에 일단 수영장에서 나가기로 했다.

"영차……."

자연스럽게 수면에서 올라오는 아리사의 둔부를 시선으로 좇아버리고…….

아니, 이건 안 되겠다며 유즈루는 자제했다.

"……안 나올 건가요?"

"어—, 나도 좀 수영을 하고서 나갈까 싶어서."

"그런가요."

아리사는 시원스러운 표정으로 유즈루에게서 등을 돌렸다.

그리고 크게 기지개를 켜거나 어깨를 돌리고는…… 자연스러운 동작으로 손가락을 수영복 안으로 집어넣었다.

"어……."

딱, 소리가 울린 것 같았다.

파고든 수영복을 고친 아리사는 유즈루를 돌아보고 말했다.

"그럼, 주스를 사서 기다릴게요."

"아, 알았어!"

유즈루는 시선을 헤매며 대답했다.

그리고 떠나는 아리사를 지켜보고는……

"2, 3, 5, 7……."

소수를 세며 몸과 마음을 진정시키기로 했다.

※

"오늘은 고마웠어요, 유즈루 씨."

저녁 무렵.

연습을 마치고 사복으로 갈아입은 뒤, 아리사는 감사의 말을 건넸다.

"무척…… 잘 가르치시네요. 오늘 하루 만에 무척 능숙해진 것 같아요."

"아니아니, 네 운동 신경이 좋은 것뿐이야."

아리사의 칭찬에 유즈루는 쓴웃음 지으며 말했다.

솔직히 아리사에게 그저 두근대기만 했을 뿐이라서 가르쳐 줄 겨를이 없었다.

기억에 남은 것은 아리사의 매력적인 모습과 동작뿐이었다.

'특히 그건 위험했지…….'

유즈루는 파고든 수영복을 고치는 아리사를 떠올렸다.

한 번뿐이라면 모를까 두 번, 세 번을 눈앞에서──그것도 자연스러운 동작으로──맞닥뜨리고 말았기에, 무척 인상에 남아 있었다.

"유즈루 씨……? 무슨 일 있나요?"

"아, 아니, 아무것도 아니야."

머—엉하니 있던 참에 지적을 받고 유즈루는 황급히 고개를 가로저었다.

설마 '경영 수영복을 입은 네 모습을 떠올렸어' 같은 대답을 할 수는 없으니까 얼버무릴 수밖에 없었다.

"그런가요."

다행히도 아리사는 딱히 추궁하지는 않았다.

"그럼, 돌아갈까."

유즈루는 마음을 가라앉힌 뒤, 아리사에게 그렇게 제안했다.

지금의 아리사는 경영 수영복이 아니라 제대로 사복을 입고 있다.

봄옷이기도 해서 피부 노출도 없고, 봄 코트로 몸의 라인도 가려져 있다.

지금의 아리사라면 전혀 무서울 것도 없……

"……."

그 순간, 유즈루는 보고 말았다.

보이고 말았다.

옷 아래에 감추어져 있을, 아리사의 아름다운 몸을…….

멋대로 환각을 보고 만 것이었다.

"유즈루 씨? 정말로 괜찮아요?"

"으, 응…… 괜찮아. 조금 피곤한 것뿐이야."

아리사는 걱정스럽게 유즈루의 얼굴을 들여다봤다.

그러자 아리사의 머리카락에서 염소 냄새가 나고……
또다시 이상한 연상이 시작되고 말았다.

……이것은 상당한 중증이었다.

'이래서야 이상한 버릇이 붙어 버렸을지도…….'

유즈루는 오늘 하루 만에 뇌 일부가 뒤틀리고 말았다.

이것도 전부 유키시로 아리사라는 여자 탓이다.

반드시 책임을 져서 유즈루와 결혼을 해줘야겠다.

그리고 일단 두 사람은 걸음을 옮겼다.

다행히도 유즈루의 환각 증상은, 아리사의 집 앞에 도착
할 무렵에는 나았다.

"그렇지, 유즈루 씨."

"응?"

"다음 연습 날 말인데요, 언제로 할까요?"

유즈루의 표정이 굳어졌다.

"다, 다음인가……."

"저로서는 너무 틈을 두고 싶지 않은데……. 어떤가요?"

오늘만으로 상당히 능숙해졌지만, 결코 수영을 할 수 있
게 되었다고 말할 수는 없었다.

아직 연습은 더 필요하고…… 유즈루가 그에 어울려야
만 하는 것도 당연한 이야기였다.

"도, 돌아가서, 예정을 확인해 둘게."

다음 연습 전에 마음을 가라앉힐 방법을 생각해 두자고,

유즈루는 결의했다.

"그럼, 이만……."

"잠깐만요!"

떠나려는 유즈루를 아리사는 멈춰 세웠다.

부끄러운 듯이 뺨을 붉히며 크게 양팔을 벌렸다.

"작별의…… 허그를 해줘요."

"……알았어."

유즈루는 천천히 아리사를 정면에서 포옹했다.

옷 위로도 아리사의 부드러운 몸을 느낄 수 있었다.

"유즈루 씨……."

아리사는 살며시 유즈루의 귓가에 속삭였다.

"좋아해요."

"나도…… 좋아해."

유즈루도 대답했다.

그러자 아리사는 귓가에서 작게 웃었다.

"하지만…… 아무리 좋아한다고 해도, 안 된다고요."

"……응?"

유즈루는 무심코 되물었다. 그러자…….

"너무 야한 눈으로 보는 건. ……조금 부끄러워요."

오싹오싹하는 무언가가 유즈루의 몸 안을 흘렀다.

정신이 들자 아리사는 유즈루에게서 떨어진 뒤였다.

"그럼 유즈루 씨. 다음에 봐요."

아리사는 그러면서 가볍게 손을 흔들더니 집 안으로 사라져버렸다.

유즈루는 멍하니 서 있었다.

마지막에는 염소 향기와 아리사의 온기만이 남겨졌다.

"정말이지……."

아리사와 결혼하고 싶다. 반드시 결혼한다, 아니, 해주겠다. 놓칠까 보냐.

유즈루는 그런 결의를 새로이 했다.

　　　　　　　　　　　※

아리사가 귀가하고 얼마 후.

"아아아아!! 너, 너무 지나쳤나!!"

아리사는 베개를 끌어 안고서 침대 위를 데굴데굴 굴러다녔다.

그녀의 얼굴은 새빨갛게 물들어 있었다.

도중에 아리사의 사촌동생(의동생)이 아리사의 방을 들여다보고 "또 저러네—"라며 웃고는 떠난 것도 깨닫지 못했을 만큼, 아리사는 동요했다.

오늘, 아리사는 의도적으로 유즈루를 유혹했다.

물론 모두 고의로 한 것은 아니었다.

처음에는 오히려 아리사 쪽이 긴장해서 그럴 겨를이 없었다.

딱 한 번, 빠질 뻔했던 것도 정말이고, 그때에 끌어안고만 것도 고의가 아니었다.

하지만…… 가장 처음을 제외하고, 빠질 뻔해서 몇 번이고 유즈루를 끌어안은 것은 일부러 그랬다.

일부러 수영을 못 하는 척을 한 것은 아니지만, 과장스럽게 끌어안는다든지 그랬던 것은 유즈루를 유혹하기 위해서였다.

"정말로 어째서 그런 짓을……."

어째서 그런 짓을 저지르고 말았는가.

단적으로 말하면 너무 분위기를 탔기 때문이고, 어째서 그렇게 분위기를 타버렸느냐면 즐거웠기 때문이다.

기분 좋았다고 바꿔 말해도 된다.

오늘은 평소보다도 훨씬, 유즈루가 보내는 시선이 강렬했다.

좋아하는 사람이 그런 눈으로 보는 것은 부끄럽다는 심정도 있지만, 동시에 기쁘다고 느끼는 심정도 있었다.

자신을 봐줬으면, 의식해 줬으면…… 그런 기분이 앞서고 말았다.

그리고 평소에 아리사는 유즈루에게 리드를 당하는 경우가 많다.

유즈루 쪽이 차분하니까.

하지만 오늘은 아리사보다도 유즈루 쪽이 동요했다.

동요하는 유즈루는 보는 것은 신선했고, 아리사의 일거수일투족에 유즈루가 반응하는 것은 유쾌했다.

"유즈루 씨, 그렇게나 나를 보고…… 귀여웠지."

특히 재미있었던 것은, 파고든 수영복을 고쳤을 때의 반응이었다.

노골적으로 시선을 헤매며 동요를 미처 감추지 못했다.

몇 번이고 일부러 유즈루의 눈앞에서 하고, 그럴 때마다 유즈루의 표정을 확인한다……는 짓을 하고 말았다.

"아아…… 하지만 지나치게 노골적이었을까…… 그만두는 편이……."

역시나 수영복을 고칠 때마다 유즈루와 시선이 마주치는 것은, 너무나도 수상쩍다.

유즈루가 '혹시 아리사는 일부러 이러는 건가?'라고 생각하더라도 이상하지 않다.

유즈루에게는 '아리사는 청초한 여성'이라 여겨지고 싶었다.

저렴한 여자로 여겨지고 싶지 않았다.

"하, 하지만 유즈루 씨 쪽도…… 기뻤던, 거지?"

결코 유즈루는 싫어하는 기색이 아니었다.

그러기는커녕 평소보다도 아리사를 의식하고, 뜨거운 시선을 보냈다.

무엇보다 유즈루는 남성적인 반응을 했다.

그런 반응에 아리사로서는 무섭다는 기분, 불안하다는 기분, 부끄럽다는 기분도 있었지만…….

동시에 여성으로서 그런 대상으로 강하게 인식된다는 사실을 깨닫는 것은 기쁘고, 안심이 되는 기분도 있었다.

자신만의 짝사랑이 아니라 유즈루 쪽에서도 아리사를 좋아해 준다고, 실감할 수 있으니까.

"으, 응, 괜찮을…… 거야. 그게, 그만큼 나를 좋아하는 걸……."

다음 연습에서는 어떠한 일을 해볼까.

어쩌면 조금 더 대담해져도 될지도 모른다.

아니, 반대로 부끄러워하는 것도 괜찮다.

그렇게 아리사가 히죽히죽 망상에 빠져 있는데…….

삐리리리릭!!

갑자기 휴대전화가 울렸다.

아리사는 황급히 대응했다.

"여, 여보세요."

『여보세요, 아리사지?』

전화 상대는 유즈루였다.

아마도 다음 수영 데이트의 약속이라고 아리사는 추측
했다.

……하지만 그 정도라면 메시지로도 충분하지 않나? 아
리사는 고개를 갸웃거렸다.

"무슨 일인가요?"

『다음 골든 위크, 예정은 있어?』

"아뇨, 없어요."

슬슬 5월 초순.

그러니까 공휴일이 겹치는 연휴, 골든 위크가 다가온다.

"다음 수영 연습은, 연휴 중에 하나요?"

확실히 연휴 중이라면 며칠에 걸쳐서 계속 수영장에 갈
수도 있다.

연습에는 최적일 것이다. 하지만…….

『어―, 아니, 그쪽이 아냐.』

"그런가요. ……그럼 뭐죠?"

그것과는 다른 데이트 권유인가 보다.

『이건 아리사가 괜찮다…… 그런 전제가 있어야겠지만.』

"예."

『온천 여행을 가지 않을래?』

생각하지 않은 유즈루의 권유에 아리사는 눈을 동그랗
게 떴다.

※

　시간을 조금 거슬러 올라간다.

　수영장에서 귀가 후, 유즈루는 아리사를 떠올리며 번민하는 시간을 보내고 있었다.

　그러던 그때…… 휴대전화가 울렸다.

　상대는…… 타카세가와 소겐. 유즈루의 할아버지였다.

　"여보세요."

　『여보세요, 유즈루냐.』

　"응…… 무슨 일이야?"

　무슨 용건일까, 유즈루는 고개를 갸웃거렸다.

　『아니, 대단한 일은 아닌데. ……이번 골든 위크, 어떻게 보낼 생각이냐?』

　"어떻게 보내기는…… 본가로 돌아갈 예정은 없어. 아리사랑 보낼까 생각 중이야."

　손자의 얼굴이라도 그리워진 것일까?

　유즈루는 내심 고개를 갸웃거렸다.

　『호오, 아리사 양과. 그건 잘 됐구나.』

　"……또 참견하러 오시게?"

　약 1년 전, 유즈루와 아리사를 이상하리만큼 붙여주려고 하던 것을 떠올렸다.

　하지만 그 덕분에 지금이 있다고 생각하면 사랑의 큐피

트라고 부르지 못할 것도 없지만…….

그러나 할아버지가 자신의 연애 사정에 참견하기를 바라는 손자 따위는 있을 리가 없다.

『뭐, 그런 참이다. 그래서, 뭘 할 생각이냐? 어딘가 데이트를 갈 예정은 있느냐?』

"구체적으로 정하지는 않았는데…….”

박물관이나 공원, 혹은 볼링 등등, 그렇게 돈이 들지 않을 법한 장소에서 데이트를 할 생각이라는 사실을 유즈루는 이야기했다.

그러자…….

『하아―, 한심한 이야기로구나. 그런 곳은 연휴가 아니더라도 갈 수 있지 않느냐. 조금 더 제대로 된 선택지는 없었느냐.』

트집을 잡았다.

유즈루로서도 '연휴에 갈 곳은 아니겠지…….'라는 생각은 하던 곳이라서, 조금 아픈 부분을 찔리는 모양새가 되었다.

"나보다도, 지금은 아유미한테 참견해야 하는 거 아냐?"

적어도 유즈루는 아리사라는 약혼자가 정해졌다.

이미 약혼자가 정해졌고 나름대로 좋은 관계를 구축한 손자보다도, 아직 약혼자가 정해지지 않은 손녀 쪽을 신경 쓰는 것이 어떠냐고 유즈루는 지적했다.

『그쪽은 카즈야한테 맡겼으니까 안심해라.』

"호오…… 참고로 후보 같은 건 알아?"

『여럿 있지만, 유력한 건 사타케의 아들이겠지.』

사타케의 아들이라는 말에, 유즈루의 뇌리에는 소꿉친구 사타케 소이치로의 얼굴이 떠올랐다.

소이치로가 자신의 매제가 되는 것은…… 유즈루로서는 제발 사양하고 싶은 일이었다.

다만 '사타케의 아들'은 하나가 아니다.

"차남 쪽인가."

소이치로는 장남이지만 후계자는 사양할 생각이라는 모양이니…….

그런 사실을 유즈루는 얼핏 들었다.

조금 드문 이야기지만, 소이치로의 인간관계를 아는 유즈루로서는 이래저래 납득할 수 있는 이야기였다.

그리고 소이치로가 가문 상속을 포기한다면, 가문은 순차적으로 동생에게 넘어간다.

『혹은, 삼남이나. ……애당초 사타케는 차기 후계자를 정하지 않았으니까 말이다. 아직 어떻다고 말할 수는 없겠지.』

"그렇구나."

사타케는 형제 사이의 경쟁──요컨대 상속 다툼──을 추천하는 구석이 있다.

그러니까 차남이 확실하게 차기 후계자인지는 알 수 없는 것이었다.

『하지만 아직 중학생이야. 조금 더 뒷날의 이야기겠지…… 그리고 남의 걱정보다 자기 걱정이 우선이다.』

이야기가 원래대로 돌아와 버렸다.

그렇지만 유즈루에게도 아리사에게도 돈이 없는 이상, 나름대로 지출이 필요한 데이트 플랜은 짤 수가 없는 것이었다.

"……다정한 우리 할아버지가 용돈을 준다면, 유원지든 어디든 갈 수 있겠지만 말이지—."

안 될 것을 알면서 유즈루는 용돈을 졸라봤다.

유즈루가 자신의 조부를 '우리 할아버지'라고 부르는 것은 무척 오랜만이었다.

『어쩔 수 없지. 귀여운 손자의 부탁이니…… 이번에는 특별히 용돈을…….』

"오오!"

『뭐, 그러고 싶은 참이다만, 사요리가 너무 어리광을 받아주지 말라고 그래서 말이다.』

"……쓸데없는 소리를."

『뭐, 어떤 이유가 있든 용돈을 낭비한 건 너니까 말이다. 한동안 절제를 배우도록 해라.』

전화 너머에서 유쾌하게 웃는 소겐.

이 할아버지는 나를 놀리려고 전화한 것뿐인가, 유즈루는 마음속으로 투덜거렸다.

"……그럼 끊을 테니까."

『잠깐잠깐. 용돈은 못 주지만…… 그래도 약혼자한테 정 떨어지는 짓을 하려는 손자를 내버려 둘 생각은 없다.』

"……뭐라도 줄 거야?"

어차피 변변한 것은 아니다. 고작해야 도움이 될지도 알 수 없는 쇼와의 데이트 어드바이스일 것이라 생각하며 유 즈루는 물었다.

하지만 소겐의 대답은 의외였다.

『온천 여관을 예약해 뒀다.』

"……어?"

저도 모르게 유즈루는 놀란 목소리를 높였다.

『장소는 항상 가는 그곳……이라고 하면 알겠지?』

"그렇구나."

타카세가와의 고정 여관……이라고 할 수 있을지는 모 르겠지만, 자주 신세를 지는 요양지가 있었다.

유즈루도 몇 번인가 가족과 함께 간 적이 있었다.

『그래서, 어떻게 하겠느냐? ……싫다면 취소하겠다만.』

"나로서는 바라마지 않는 곳이지만……."

솔직히 이야기해서 유즈루로서도 그저 자기 방에서 지 내는 것도 좀 어떨까 싶은 생각은 있었다.

모처럼의 골든 위크이니까, 유원지에 가든 여행을 가든, 그러고 싶었다.

그런 의미에서는 소겐의 제안은 더없이 적절했다.

물론 '돈이 없으니까 할아버지에게 의지'한다는 것은 유

즈루로서는 조금 한심스럽다는 생각도 없지는 않지
만……

그래도 온천 여행은 매력적이었다.

"일단 아리사한테 물어봐도?"

『흠. 뭐, 그건 당연하겠지.』

유즈루 혼자서만 결정할 수는 없었다.

다만 '온천 여행은 싫어요'가 될 이유는 유즈루로서는 떠
오르지 않았지만.

유즈루는 소겐에게 감사를 표한 뒤, 전화를 끊고……

이리하여 아리사에게 온천 여행을 권유한 것이었다.

제3장

'약혼자'와 온천 여행 전편

　연휴 직전의…… 어느 점심시간.

　아야카, 치하루, 텐카, 그리고 아리사가 함께 도시락을 먹고 있었을 때.

　"""오, 온천 여행?!"""

　아야카, 치하루, 텐카는 다들 놀란 목소리를 높였다.

　유즈루에게 2박 3일의 온천 여행 권유를 받기 얼마 전.

　아리사는 끄덕이고…… 고개를 갸웃거렸다.

　"그렇게나 놀랄 일인가요?"

　고등학생이 단둘이서 여행을 가는 것은, 결코 드문 일이 아니다.

　여자들끼리 유원지에 숙박까지 포함해서 놀러간다…… 같은 이야기는 자주 들었다.

　온천 여행은 유원지와 비교하자면 조금 수수하기는 하지만.

　"아니, 딱히 여행 그 자체는 놀랄 일이 아닌데 말이지?"

　"유즈루 씨랑 아리사 씨가 말이죠―."

　"단숨에 계단을 올라갔구나, 그런 느낌일까."

　세 사람은 온천 여행 그 자체에 놀란 것이 아니었다.

키스 정도로 요란을 떨 정도인 순정 커플이 갑자기 온천 여행을 간다는 사실에 놀란 것이었다.

"어…… 온천 여행은 그렇게나 허들이 높은가요?"

아리사에게 입술 키스는 무척 허들이 높다.

하지만 온천 여행…… 묵는 것 정도라면, 딱히 그렇게까지 허들이 높다는 감각은 없었다.

유즈루의 방에서 묵은 적도 있었다.

"으─음, 뭐, 하지만 방을 따로 쓴다면 문제는 없겠네. ……따로 쓰지?"

"……어떨까요? 딱히 물어보진 않았어요."

텐카의 물음에 아리사는 그렇게 대답했다.

그리고 세 사람이 무엇을 걱정하는지 알아차린 아리사는 과장스럽게 헛기침을 했다.

"일단 말해두겠는데…… 그런 일을 할 생각은 전혀 없으니까요."

조금 붉은 얼굴로 아리사는 그렇게 말했다.

키스조차 제대로 못 하는데 몸을 겹치는 일을 할 리가 없다.

"아리사가 그럴 생각이 없어도 말이지─."

"유즈루 씨한테는, 제대로 그렇게 말했나요?"

"……말하지 않더라도 알 수 있는 거잖아요? 놀리지 말아요."

아야카와 치하루의 물음에 아리사는 뾰로통한 표정으로

대답했다.

한편 두 사람은 얼굴을 마주 보고 어깨를 으쓱였다.

"이것 참, 남녀가 온천 여행이라고 하면…… 그런 쪽의 인식은 중요한 사항 아닐까? 같은 방이라면 더더욱."

"이성 친구 사이라도 같은 방에서 온천 여행……이라면 기대할 남자는 적지 않을 것 같은데요?"

"……저랑 유즈루 씨는 친구가 아니라, 연인이자 약혼자라고요?"

"그렇다면 더더욱 그런 거 아닌가요?"

"으음……."

아야카와 치하루의 지적에 아리사는 살짝 불안해졌다.

어쩌면 자신은 의도치 않게 이상한 메시지를 유즈루에게 보내버린 것은 아닌가.

"하지만 상대는 타카세가와 군이니까 말이지? 걔는 이상한 착각을 할 법한 사람도 아니고, 억지로 일을 진행할 사람도 아니야."

"그, 그래요! 지나친 생각이겠죠?"

"그러네. 뭐…… 아리사 씨가 타카세가와 군을 쓸데없이 도발하거나 노골적으로 유혹하거나, 그러지 않는다면 말이지만…… 그런 짓은 안 했고, 안 할 거잖아?"

"당연하죠. 그런 짓은……."

거기까지 말하다가, 아리사는 굳어버렸다.

그리고 안절부절못하며 동요한 모습을 드러냈다.

"어…… 뭔가, 이상한 짓을 했어? 그건 큰일인데……."

걱정하는 텐카에게 아리사는 호들갑스럽게 고개를 가로저었다.

"이, 이상한 짓은…… 안 했다고요? 그, 그저……."

"그저?"

"요전에 수영장에서 데이트를 했을 때…… 조금, 아주 조금…… 무방비했나— 싶어서."

"구체적으로는?"

"뭘 했나요?"

아야카와 치하루가 따지고 들자 아리사는 부끄러워하며 자신의 소행——유즈루를 유혹하려고 일부러 무방비한 모습을 드러낸 것——을 구체적으로 이야기했다.

처음에 두 사람은 재미있게 듣고 있었지만, 그러나 서서히 미간을 찌푸리더니 끝내는 어이없다는 표정을 지었다.

"아리사는…… 평소에는 늦된 주제에 갑자기 대담한 짓을 하는구나."

"그보다는, 극단에서 극단으로 달린다고 할까요……."

"거리감을 파악하는 게 서투른 사람이 갑자기 친근하게 구는 것같이?"

"말이 없거나, 빠른 말투로 길게 이야기하거나. 그것밖에 없는 사람이라는 느낌이겠네요."

아야카와 치하루가 소곤소곤 대화를 나누었다.

"머리카락 색깔은 잘 나가는 인싸에다 맨날 놀러 다닐

것 같은 느낌인데 말이지……."

텐카도 작게 동의하듯 말했다.

한편 아리사는…….

"전부 들리거든요. ……미안하네요, 머리카락 색깔뿐이
라서."

어차피 저는 사람을 잘 못 사귀거든요!

그러면서 주눅이 들었다.

"권유한 건 유즈룽이지?"

"게다가 데이트한 날 밤이라고요?"

"……그래요."

"그렇다면, 결정이네."

"결정이네요."

"겨, 결정이라고 단정한 건 아니잖아요! 애, 애당초……
제, 제 행동이 원인이라고 해도, 지, 지나치게 스텝을 확
뛰어넘은 일이에요!"

한다면 키스를 하고 나서.

그리고 이것저것 스텝을 밟은 다음에 행동으로 옮기는
것이 보통이다.

"게, 게다가…… 굳이 온천 여행을 권유할 필요는 있을
까요? 예를 들면…… 그저 자기 방으로 부르는 것만으로
도 할 수 있고…… 찬스는 얼마든지 있어요."

여하튼 아리사는 일주일에 한 번, 유즈루의 방을 방문하
는 것이다.

그러니까 일주일에 한 번은 찬스가 있다.

굳이 온천 여행 같은 자리를 마련할 필요는 없다……고 아리사는 주장했다.

"……뱀은 말이지, 꽉 조인 다음에, 통째로 삼키거든."

갑자기 텐카가 그런 소리를 꺼냈다.

"그, 그게 뭐 어쨌다는 건가요!"

"아니, 어쩌면…… 통째로 삼킬 생각일까— 싶어서. 여행 중이라면 도망치지도 못하고."

"무슨……!"

통째로 삼킨다.

그러니까 조금씩 나아가는 것이 아니라, 한입에 아리사를 맛있게 잡수시겠다는 이야기다.

"어—, 그건 그럴듯하네. 유즈룽, 순서라든지 사전 준비라든지, 공들이는 타입이니까."

"게다가 당하면 갚아주는 사람이니까요."

"무, 무슨…… 하, 하지만, 유즈루 씨는…… 억지로 할 사람이, 아니에요."

아리사는 그 점에서 유즈루를 신뢰하고 있었다.

그렇기에 좋아하게 된 것이었다.

아리사가 싫다고 한다면 반드시 그만두고, 설령 싫다고 말하지 않더라도 헤아려 줄 사람이다.

"그야 억지로 할 일은 절대 없어. ……한다면, 제대로 분위기를 만든 다음이겠지. 여행 중에, 찬스는 얼마든지 있을 테니까."

"지금쯤, 어떤 식으로 유혹할지 시뮬레이션하고 있을지도 모르겠네요."

싱글싱글 웃으며 아야카와 치하루가 그렇게 말하자, 또다시 아리사는 안절부절 못하는 표정을 지었다.

"어, 어떤 식으로, 그건 구체적으로는…… 어떤 느낌이라는 건가요?"

"어라? 아리사, 흥미 있어?"

"이러니저러니 해도 야하네요."

"아, 아니에요!"

아리사는 고개를 크게 가로저었다.

"그, 그저…… 유즈루 씨가 어떤 일을 시작하면 그런 의미일까…… 그게, 어디까지나 경계하려는 거예요……."

그런 아리사를 보고 아야카와 치하루는 잠시 생각하는 모습을 드러낸 뒤, 대답했다.

"예를 들면…… 어깨를 주무른다든지?"

"그리고 은근슬쩍, 가슴을 만지는 거예요."

"조금씩, 손놀림이 대담해지고……."

"그, 그만해요!!"

아리사는 부끄러운 듯 귀를 막았다.

자기가 물어봐 놓고서는, 아야카와 치하루는 그러면서 어깨를 으쓱였다.

"그 밖에도 노천탕을 권유한다든지. ……약혼자니까, 보통 그러잖아? 같은 식으로. 노천탕이 딸린 객실일 경우라면, 말이지만."

"가, 같이, 모, 목욕?!"

"그리고 이어지는 요바이*라든지? 은근슬쩍 만지거나 하다가……."

"요, 요바이?!"

아리사의 얼굴은 귀까지 새빨갛게 물들었다.

상상하는 것만으로도 안 되겠는지, 눈이 어질어질 돌고 있었다.

"너희도 적당히 해둬……."

텐카는 한숨을 내쉬었다.

그리고 불안하면서도, 부끄러운 표정인 아리사를 안심시키듯 다정한 목소리로 말했다.

"괜찮아. 타카세가와 군은 신사적인 사람이라는 거…… 네가 제일 잘 알잖아?"

"아, 예. ……그렇겠죠? 그런 일은……."

"그래, 걔는 안게 해달라고 정면으로 부탁할 사람이야."

"그건 그것대로 곤란해요……."

과연 괜찮을지 아리사는 불안해지는 것이었다.

※
————
*남자가 밤중에 여자의 방으로 숨어드는 것.

한편 그 무렵.

유즈루는 소이치로, 히지리와 도시락을 먹고 있었다.

"호오―, 온천 여행……."

"좋겠네."

"그렇지?"

이번 연휴 중, 아리사와 함께 온천 여행을 갈 생각이다.

유즈루는 두 사람에게 그런 이야기를 했다.

살짝 자랑하는 것이었다.

"참고로 여관은…… 어릴 적에 묵으러 갔던 곳이야?"

"응, 거기가 맞아."

초등학교에 들어가기 전, 유즈루, 아야카, 소이치로, 치하루가 묵으러 간 적이 있었다.

그 이전부터 아는 사이였지만, 본격적으로 '소꿉친구'로서 친해진 것은 그 이후였다.

"호오…… 혹시 우리 증조할아버지의 누나가 경영하던 여관이야?"

히지리는 유즈루에게 물었다.

유즈루는 작게 끄덕이고 대답했다.

"맞아."

"그렇구나―."

하지만 그 여관은 '료젠지'가 아니다.

'히지리네 증조할아버지의 누나'는 결혼과 함께 성을 바꾸었으니까.

히지리에게는 먼 친척이 경영하는 여관이라는 느낌일 것이다.

"그건 그렇고 온천 여행인가. ……일단 신혼여행이라는 게 되나?"

"뭐…… '신혼'이라고 해도, 결혼이 아니라 약혼이지만."

소이치로의 물음에 유즈루는 애매하게 수긍했다.

신혼여행이라고 한다면 미묘하게 취지가 변한다.

"약혼 일주년 기념 여행 아냐? 굳이 따지자면."

"뭐…… 그런 느낌일까?"

유즈루는 끄덕였다.

다만 '약혼 일주년' 앞에는 '위장'이 붙는다.

유즈루와 아리사에게 진정한 의미에서의 약혼은 얼마 전에 있었던 화이트데이다.

그런 의미에서 특별한 날이라는 감각은, 유즈루와 아리사에게는 없었다.

"그런데 온천 여행을 가서…… 구체적으로는 뭘 할 생각이야?"

"뭐기는…… 그야 온천에 들어가거나, 식사를 하거나, 관광지를 좀 돌거나…… 느긋하게 보낼 생각인데?"

소이치로의 물음에 유즈루는 고개를 갸웃거리면서도 대답했다.

여행이라고 한다면 그것 말고는 없을 것이다.

"아니면 구체적으로 어디를 관광할 예정이냐는 이야기인가?"

"아니, 그런 건 아닌데…… 아리사 씨랑 무언가 특별한 일을 하지는 않느냐고."

"……특별한 일?"

소이치로의 물음에 유즈루가 고개를 갸웃거리자…….

"둔감하네, 유즈루. 남자랑 여자가 여행을 간다면, 이거잖아, 이거."

그러면서 히지리는 한 손으로 고리를 만들고, 다른 한쪽 손가락을 그 원 안으로 집어넣었다.

히지리의 의도를 깨달은 유즈루는 한숨을 내쉬었다.

"할 리가 없잖아. ……아직 제대로 키스도 안 했다고."

"어?"

"농담은 그만둬."

"……농담이라면 좀 더 재미있는 소릴 하겠지."

유즈루의 말에 소이치로와 히지리의 표정이 놀람으로 가득 찼다.

"나는 틀림없이, 할 건 이미 했을까 싶었는데."

"그만큼 러브러브인데 키스조차 아직이라니, 어린애들이냐고."

"입 다물어…… 특히 히지리."

연인도 없는 녀석한테 그런 말은 듣고 싶지 않다.

유즈루가 가볍게 흘겨보자 히지리는 쓴웃음 지으며 어

깨를 움츠렸다.

"키스 따윈 딱히 특별한 일도 뭣도 아니잖아. 입을 맞추는 것뿐이라고. 얼른 해버리는 게 어때?"

소이치로의 말에 유즈루는 입을 다물었다.

유즈루보다도 틀림없이 연애 경험이 풍부한 소이치로에게는 그다지 세게 나갈 수가 없었다.

"아니, 뭐…… 키스는 키스라도, 입술에는 못 하는 것뿐이지…… 손등이라든지 머리카락이라든지, 이미 마쳤다고?"

"……손등? 머리카락?"

"……그건 입술보다도 마니악하지 않나?"

"그럴까? ……그럴지도."

애석하게도 유즈루는 아리사 이외의 상대에게 키스를 한 적이 없으니까, 무엇이 보통인지는 알 수 없었다.

아리사도 마찬가지일 것이다.

하지만 생각해보면, 키스라면 입술이나 뺨 쪽이 보통이고…… 손등이나 머리카락은 조금 특수할지도 모른다.

"그래도 얼굴은 부끄럽다고 그러니까 말이지."

"부끄러워?"

"아리사 씨가?"

"그래."

어째서 아직 키스를 하지 않는가?

그 이유는 아리사가 부끄러워하기 때문이라고, 유즈루

는 이야기했다.

"아리사 씨는 싫어하는 거야?"

"으―음…… 싫다는 건 아닌 모양이지만. 본인도 하고 싶다고는 그러니까. 다만…… 결심이 서지 않는다? 그런 것 같아."

다만 유즈루는 아리사가 아니니까, 아리사가 실제로 어떻게 생각하는지, 그것까지는 알 수 없었다.

사실은 싫지만 유즈루를 배려해서 그런 식으로 표현하는 것뿐일 가능성은 있다.

"너는 그걸로 괜찮은 거야?"

소이치로의 물음에 유즈루는 쓴웃음 지으며 끄덕였다.

"뭐, 시간은 있으니까. 아리사에게 상처를 주고 싶지는 않고……."

억지로 밀어붙여도 좋은 결과가 되지는 않는다고 유즈루는 생각했다.

이번에는 유즈루가 참으면 그만인 이야기.

조금씩, 나아갈 수 있다면 충분하다.

"……그저 겁먹은 건 아냐?"

히지리의 물음에 유즈루는 끄덕였다.

"아리사가 무서워하고 있을 가능성은……."

"아니, 네가 말이야."

"……내가?"

유즈루가 되묻자 히지리는 끄덕였다.

"그래. 나한테는 네가 이런저런 이유를 달아서는 꺼리는 것처럼 들렸어."

"하지만 아리사가 부끄러워해."

"그래, 부끄러워할 뿐이야. 그것뿐이라면, 네 생각이나 열의로 어떻게든 되지 않을까? 무서워한다면 또 모르겠지만, 말이지."

"······무서워하고 있을 가능성도 있어."

"그렇다면 뭐, 신중하게 나아간다면, 타당한 판단이네."

히지리는 간단히 지론을 거두고 어깨를 으쓱였다.

그 스스로가, 연인이 있는 것도 아닌 자신이 이러쿵저러쿵 해봐야 설득력이 없다고 생각하는 것이리라.

"나도 지금 당장 하고 싶다는 생각은 없어. 애당초 연인이 되고 몇 개월밖에 안 지났잖아. 일반적인 감각은 모르겠지만······ 딱히 이상할 건 없겠지?"

연인 관계가 된 뒤로, 얼마가 지나서 키스를 하는지는 그야말로 사람에 따라 다를 것이다.

유즈루와 아리사의 경우, 교제를 시작하고 한 달 반 정도이지만······.

이 단계에서 키스를 하지 않는 경우는 결코 드물지 않다고 유즈루는 생각했다.

"그러네."

유즈루의 말에 동의하듯 소이치로는 끄덕였다.

하지만······.

"하지만 너무도 오래 끄는 건, 좋지 않다고."

"……고작해야 키스잖아?"

"고작해야, 가 아냐."

유즈루의 말을 소이치로는 고개를 가로저어 부정했다.

"키스는 서로가 애정을 확인하는, 가장 간단하고 알기 쉬운 수단이야."

백 번의 말보다도 한 번의 행동이 무겁다……고 소이치로는 이야기했다.

"게다가 사랑은 시간 경과에 따라 식어가는 법이야. 계속하려면 서로의 노력이 필요해."

"말 안 해도 알아."

조금 울컥한 유즈루는 그렇게 대꾸했다.

그러자 소이치로는 만족스럽게 끄덕였다.

"안다면 됐어. ……힘내라고."

호들갑스러운 녀석이라고 생각하면서도…….

유즈루는 크게 고개를 끄덕였다.

※

온천 여행 당일.

유즈루는 아마기 가문을 방문했다.

"오랜만입니다. 아마기 씨."

현관에서 맞이해 준 아마기 나오키에게, 유즈루는 가볍

게 머리를 숙였다.

유즈루가 아마기 가문을 방문한 이유는 아리사를 마중 나온 것, 그리고 나오키에게 인사를 하려는 것이었다.

약혼자라고는 해도, 소중한 딸을 맡은 이상은 제대로 얼굴을 보이고서 허가를 받는 것이 도리인 법이다.

"그래, 오랜만이야, 유즈루 군."

담담하고 의무적인 목소리로 나오키는 그렇게 말했다.

그런 그 옆에는 아리사가 서 있고, 유즈루를 향해 가볍게 인사했다.

"모처럼 왔으니 말이야. ……조금 쉬다 가는 게 어때. 들어오도록 해."

예정된 신칸센 시간까지는 충분히 여유가 있었다.

그렇다기보다는, 아리사의 집으로 들어가는 상황을 상정해서 예정을 세웠다는 것이 정답이었다.

아마기 가문에게, 집까지 와준 유즈루를 차도 내주지 않고 보내는 것은 실례에 해당된다.

또한 유즈루 쪽도 '전철 시간이 다 되어서' 같은 소리를 하며 그것을 거절하는 것은, 예의에 어긋나는 것은 물론이고 여유가 없는 사람으로 인식되어 버린다.

……그런 부분은 암묵적인 양해로, 서로가 이미 받아들이는 바였다.

"그럼 말씀하시는 대로. 실례하겠습니다."

유즈루는 신발을 벗고 집으로 들어갔다.

아리사의 집에 들어온 것은, 아리사가 감기에 걸렸을 때 이후로 처음이었다.

"유즈루 씨…… 이쪽이에요."

"어, 고마워."

아리사가 응접실로 안내해 주었다.

그리고 권하는 대로 소파에 앉았다.

"아…… 그렇지. 자, 이걸. 아버지가 드리는 거예요."

엄밀하게는 아버지가 송금한 돈으로 구입한 과자를, 유즈루는 나오키에게 건넸다.

나오키는 여전히 무표정하게 그것을 받아들었다.

"고맙네, 유즈루 군."

그리고 냉담한 목소리로 그렇게 말했다.

그와 동시에 아리사의 양어머니——아마기 에미——가 응접실로 들어왔다.

손에는 쟁반, 그리고 삼인분의 홍차를 들고 있었다.

"아…… 오랜만에 뵙습니다."

"……예, 오랜만이에요. 아리사가 항상 신세를 지고 있어요."

에미는 그런 사교적 인사를 입에 담은 뒤, 홍차를 테이블에 놓았다.

"감사합니다."

"아뇨아뇨…… 그럼 천천히 있다 가세요."

그리고 가볍게 머리를 숙이고 물러났다.

유즈루는 그런 그녀를 지켜보고, 홍차를 입에 담았다.

그럭저럭 괜찮은 찻잎을 썼다는 것을 알 수 있었다.

우선은 아리사도 함께 가벼운 담소를 나누는데…….

그때 세게 노크하는 소리가 들렸다.

"아마기 메이에요. 손님께 인사를 드리고 싶은데, 들어가도 괜찮을까요?"

귀여운 여자아이의 목소리였다.

나오키가 유즈루에게 눈짓을 하고, 유즈루는 크게 끄덕였다.

"들어오렴."

"예. 실례합니다!"

벌컥! 기세 좋게 문이 열렸다.

나타난 것은 열두세 살 정도 나이로 보이는 소녀였다.

그 여자아이는 생글생글 붙임성 있는 미소를 짓고는 정중하게 인사했다.

"처음 뵙겠습니다, 아마기 메이라고 합니다. ……타카세가와 선배——아유미 씨——한테는 항상 신세를 지고 있어요."

아마기 메이.

아리사의 사촌동생으로 중학교 1학년.

그리고 유즈루의 동생인 타카세가와 아유미의 후배다.

"네가 메이구나…… 아니, 항상 우리 동생이 신세를 지고 있어."

그러면서 유즈루가 손을 내밀자, 그녀는 미소를 지으며 유즈루의 손을 잡았다.

"……어때? 학교에서 우리 동생은."

모처럼 만났으니까 유즈루는 동생의 후배에게서 직접, 동생이 학교에서는 어떤지 물어보기로 했다.

이 질문은 예상하고 있었는지, 메이는 딱히 생각하는 기색도 없이 대답했다.

"저만이 아니라 다들 선배를 잘 따르고 있어요. 정말로 의지가 되는 선배예요."

"호오…… 그건 다행이네. 후배를 상대로 으스대기나 하진 않을지 걱정했거든."

유즈루가 살짝 장난기를 섞어서 그렇게 말하자 메이는 한순간에 표정이 굳어졌다.

그리고 조금 생각하는 모습을 드러내고는 대답했다.

"……그렇지 않아요."

아무래도 유즈루의 예상은 그렇게까지 빗나가지는 않았나 보다.

아유미의 성격과 메이의 입장을 생각하면, 부하 취급을 당하는 것은 불가피하리라.

"혹시 도저히 봐줄 수가 없다면 알려줘."

유즈루는 약혼자의 동생에게 배려의 말을 입에 담아봤지만…….

"걱정하실 것 없어요. ……저는 타카세가와 선배처럼 되고 싶다고, 생각해요. 목표니까요."

싱긋, 메이는 미소를 지었다.

아무래도 그녀는 아유미 졸업 후의 차기 여왕 자리를 노리는 모양이었다.

"역시 자매구나. 견실한 모습이 무척 닮았어."

"그렇게 말씀해 주셔서 기뻐요. ……언니 역시도 제가 목표로 하는 여성상이에요."

유즈루의 빈말에 메이는 생글생글 미소를 지으며 대답했다.

참고로 유즈루가 굳이 자매라고 말한 것은, 의도적인 행동이었다.

여기서 굳이 사촌 사이라고 표현하는 것은, 아무리 사실이라고는 해도…… 조금 눈치 없는 짓이다.

다소 사실과 다를지라도 '자매'라고 표현하는 편이 무난했다.

사촌이란 말을 굳이 덧붙이지 않는 편이 관계성은 더 강해지니까.

메이가 아리사를 '언니'라고 말한 것도, 유즈루가 '자매'를 강조한다는 것을 깨달았기 때문이었다.

요컨대 "저는 당신의 약혼자를 진짜 언니처럼 생각해요"(그러니까 저와 당신의 관계는 처제와 형부예요)라고, 넌지시 드러낸 것이었다.

굳이 강조할 정도니까, 어딘가의 사촌오빠와 다르게 유

즈루와는 사이좋게 지내기를 바라는 것이리라.

'……몇 개월 전까지 초등학생이었던 것치고는, 똑똑한 아이구나.'

유즈루가 힘껏 던진 공을, 힘껏 받아쳤다.

외모와 붙임성 있는 미소에는 어울리지 않게 무척 센 성격인 듯했다.

사촌지간인데도 아리사와는 전혀 닮지 않은…….

그렇게 보이지만, 아리사도 의외로 기가 센 구석도 있고 사람에 따라 자신의 얼굴을 구분해서 쓰기도 하니까, 그런 부분은 닮았다.

아마도 어머니 쪽에서 물려받은 기질일 것이다.

"조금 더…… 아유미에 대해서 물어봐도 될까? 구체적으로."

"예."

유즈루의 동생, 메이의 선배라는 공통적인 인물을 화제로 대화를 펼쳤다.

그러자 메이는 서서히 수다스러워졌다.

"타카세가와 씨도…… 타카세가와 선배와 무척 닮으셨어요."

툭하니, 중얼거리듯이 메이는 말했다.

딱히 이상한 발언은 아니지만, 어쩐지 유즈루는 메이가 속마음을 흘리고 만 것처럼 느꼈다.

"호오…… 어느 부분이 닮았어?"

시험 삼아서 주워봤다. 그러자…….

"눈 색깔이라든지, 무척 닮았다고 생각했어요."

살짝 짐작이 갔다.

아무래도 대답하기 어려운 부분에서 '닮았다'라고 느꼈나 보다.

얼버무리는 방식이 그럴싸한 메이.

유즈루는 아버지에게서 물려받은 파란 눈동자에 살짝 호를 그렸다.

"용모 말고는 어때?" 같이 조금 더 파고들어볼까, 유즈루는 그런 생각을 했지만…….

꾹꾹, 옆에서 옷을 잡아당겼다.

"유즈루 씨. ……메이를 너무 곤란하게 만들진 말아요."

그러면서 아리사는 유즈루를 나무랐다.

얼핏 보면 메이를 도와주는 것처럼 보이지만…… 동시에 약혼자가 사촌동생과 대화에 열중하는 것을 질투해서 토라진 것처럼도 보였다.

"그러네, 내가 잘못했어."

"……제가 아니라 메이한테 사과해요."

약혼자의 재촉에, 유즈루는 안도한 표정을 짓고 있는 장래의 처제를 다시금 바라봤다.

"미안해. ……동생한테는, 네가 존경하고 있더라고 전해둘게."

"……감사합니다."

꾸벅, 메이는 유즈루에게 머리를 숙였다.

"유즈루 씨, 슬슬……."

그 타이밍에 아리사가 시계를 보며 말했다.

슬슬 시간이 되었다.

유즈루는 다시금 나오키와 마주했다.

그는 조금 전부터 계속 말없이 유즈루랑 메이, 아리사의 대화를 듣고 있었다.

메이를 시험한…… 것이 아니라, 단순히 말이 없는 것뿐이리라.

비슷한 인물을 유즈루는 알고 있었다.

타치바나 토라노스케──아야카의 숙부──는 '침묵은 금, 웅변은 은'을 실천하는 사람이다.

"아마기 씨. 제 대가 된 뒤에도, 아버지와 변함없이 함께 해 주시길 잘 부탁드립니다."

타카세가와 가문 차기 후계자로서 유즈루는 그렇게 말했다.

앞으로도 우호적인 인연을 이어가죠……라고, 표면적으로는 그런 의미였다.

그러나 동시에 "당신은 장인이지만, 그 전에 이쪽은 타카세가와 가문, 그쪽은 아마기 가문이다. 근본적인 부분은 변함이 없다"라고 받아들일 수도 있었다.

"그래, 앞으로도 잘 부탁하지, 유즈루 군."

나오키는 딱히 신경 쓰는 기색도 없이, 무표정하게 그리 대답했다.

유즈루의 예상대로, 말에 담긴 다른 뜻은 알아차리지 못하는 타입인 듯했다.

아야카의 숙부, 타치바나 토라노스케와는 그런 부분이 달랐다.

아야카의 숙부, 혹은 아야카 본인이라면 반드시 무언가의 형태로 못을 박았을 테니까.

'뭐, 아버지 말대로…… 솔직하고 정직, 남을 의심하지 않는 사람이야.'

이것은 결코 나쁜 이야기가 아니었다.

일일이 '이 녀석은 어떤 의미로 그런 소리를 하는 걸까?'라고 의심하는 사람과, 의심하지 않고 솔직하게 받아들이는 사람. 둘 중에 누구와 친구가 되고 싶으냐면, 후자다.

이런 인격, 성격인 사람은 신용할 수 있다.

유즈루의 아버지도 나오키의 인격에 대해서는 마음에 드는 모양이었고, 유즈루로서도 좋은 인상을 받았다.

……뭐, 싫은 녀석의 딸을, 자기 아들의 약혼자로 삼지는 않을 것이다.

'하지만…… 조금만 더 웃는다면 인상도 다를 거라 생각하는데 말이지…….'

유즈루의 아버지는 나오키에 대해서 이렇게 말했다. "대화를 나누면 좋은 녀석이다"라고.

이것은 그다지 좋은 이야기가 아니었다.

'대화를 나누면 좋은 녀석'이라는 것은, '대화를 안 하면 영 알 수가 없는 녀석'이니까.

아리사가 거북하게 여기는 것도 이해가 갔다.

무슨 생각을 하는지 잘 알 수가 없다. 오히려 기분 나쁜 것처럼 보일 정도니까.

"타카세가와 씨."

그때 메이가 유즈루를 불렀다.

"앞으로도 처제로서, 타카세가와 가문의 파트너로서 잘 부탁드려요."

그리고 생긋 붙임성 있게 웃었다.

굳이 처제를 가장 먼저 말하는 만큼, 아버지와는 다르게 타카세가와 가문과의 인연을 강조하는 의미가 있다고 생각하면 될 것이다.

하지만 신경 쓰이는 것은 '타카세가와 가문의 파트너'라는 말이었다.

유즈루의 동생인 아유미는 결코 이런 말을 입에 담거나 하지는 않는다.

차기 후계자가 아닌 인간이 마치 가문을 대표하는 것 같은 말을 해서는 안 되니까.

메이가 그런 부분을 이해하지 못한다고 여겨지지는 않으니까, 아마기 가문의 차기 후계자는 메이라고 생각하면 될 것이다.

혹은 아버지가 이해하지 못하는 것을 노려서 멋대로 주

장하고 있거나.

'애당초 아마기 가문에 『차기 후계자』라는 개념이 있다고 여겨지진 않으니까 말이지…….'

아마도 후자라고, 유즈루는 인식했다.

굳이 의역하자면 "저 아마기 메이에게 깨끗한 한 표를 부탁드립니다!"라는, 그런 느낌일 것이다.

아버지와는 다르게, 웃고 있는 주제에 생각하는 것은 음험했다.

다른 가문의 후계자 문제에 개입하는 것은 금기……라 말하고 싶은 참이지만, 유즈루로서는 성가신 일을 일으킬 것 같은 사촌오빠보다도 똑똑해 보이는 사촌동생 쪽과 친하게 지낼 수 있을 것 같았다.

유즈루는 넌지시 아버지에게 전해두자고 결정했다.

'그러고 보니 그 사람은…… 대학에 있나.'

아마기 하루토는 대학생이고 칸사이에서 자취 중이다.

아직 돌아오지 않았을 것이다. ……돌아왔다면 아무리 그래도 얼굴을 비췄을 터.

그리고 유즈루는 아리사와 함께 일어서서 현관으로 향했다.

"아리사, 짐 들어줄까?"

"그럼…… 부탁할게요."

유즈루는 아리사한테서 캐리어를 받아들고 현관으로 옮겼지만…….

"앗……."

그곳에서 청년과 맞닥뜨렸다.

그는 유즈루를 보자마자 작게 목소리를 흘리고, 이어서 조금 거북한 듯 표정을 일그러뜨렸다.

골든 위크라서 마침 귀성한 참이었나 보다.

"오랜만입니다. 하루토 씨."

"어, 어어…… 유즈루 군. 응, 오랜만이네."

정중하게 대응한 유즈루에게 하루토는 건성으로 인사를 했다.

그리고 아리사와, 유즈루가 든 아리사의 가방을 보고는 무어라 형용할 수 없는 표정을 짓고…….

"그, 그럼 난 이만."

"아니, 하루토."

"오빠……."

나오키의 제지도 듣지 않고 집 안으로 사라져 버리는 하루토.

뭐 하는 거냐며 미간을 찌푸리는 나오키.

한편 메이는 작게 한숨을 내쉬었다.

그리고 유즈루와 아리사에게 말했다.

"오빠가 실례를…… 마음에 상처를 좀 받았거든요. 용서해 주세요."

아리사는 어리둥절해서 고개를 갸웃거리고…….

유즈루는 쓴웃음 지을 수밖에 없었다.

※

"아리사. 창가랑 통로측, 어디가 좋아?"

"으─음…… 그럼 통로측으로."

그런 대화를 나누며 두 사람은 신칸센 좌석에 앉았다.

잠시 후, 열차가 움직이기 시작했다.

"……후아아."

아리사는 작게 하품을 했다.

졸린 듯 눈을 비볐다.

"잠을 못 잤어?"

"예, 뭐……."

아리사는 애매한 미소를 지었다.

이유는 너무도 기대가 되어서 잠들지 못했다…… 그런 느낌일까.

"수학여행 전의 초등학생 같네."

유즈루가 그렇게 말하며 웃자…….

"누구 탓이라고……."

아리사는 작게 무언가를 중얼거렸다.

"……어, 뭐라고?"

"아, 아뇨…… 아무것도 아니에요."

아리사는 그러면서 고개를 가로저었다.

이내 조금 생각에 잠기는 것 같은 표정을 짓고…….

"유즈루 씨. ……메이에 대해, 어떻게 생각해요?"

"어, 어떻게라……."

유즈루는 잠시 생각하고 대답했다.

"똑똑한 아이구나…… 생각했어."

"그런가요. ……귀엽다고, 생각하나요?"

"어? 뭐, 네 사촌동생이니까…… 몇 년 있으면 미인이 되겠다고는 생각하는데."

"그렇겠죠. 으음……."

"아무리 그래도 중학교 1학년을 연애 대상으로 보진 않아 . ……게다가 나는 네 쪽이 타입이야."

유즈루가 분명히 그렇게 말하자 아리사는 안도한 표정을 지었다.

아무래도 질투심을 불태우고 있었나 보다.

"질투해준 거야?"

"조, 조금…… 그게, 즐겁게 대화를 나눴으니까요……."

아리사는 부끄러운 듯 그렇게 말했다.

유즈루의 얼굴을 흘끗 올려다봤다.

"구체적으로는…… 제 외모의, 어디가 타입인가요? ……메이랑 비교해서."

"어……."

조금 어려운 질문이었다.

예를 든다면 얼굴이지만, 사촌 사이이기도 해서 아리사도 메이도 어느 정도 닮은 것이었다.

차이가 있다면…….

"머리카락 색깔은 아리사가 더 예뻐."

"그, 그런가요."

아리사는 기쁜 듯 자기 머리카락을 쓰다듬었다.

아리사 본인도, 자신의 아마포색 예쁜 머리카락은 자랑
스럽게 생각하는 부분일 것이다.

"그것 말고는…… 어떤가요?"

"으—음, 그것 말고…… 어디가 어때서 그렇다고 구체적
으로 설명하는 건 어렵지만, 네 쪽이 어른스러운…… 건
당연한가. 그게 아니라…….."

아리사가 메이보다도 어른스러운 것은 당연하다.

아리사 쪽이 연상이니까.

"메이는 귀엽다는 느낌이야. 반면에 너는 귀여운 건 물
론이지만, 동시에 예쁘다는 인상을 받는…… 걸까?"

외모 취향은 사람에 따라 제각각이다.

하지만 아리사 쪽이 '아름다운' 것은 틀림없었다.

"과연…… 그런가요."

유즈루의 말에 납득했나 보다.

아리사는 만족스럽게 끄덕였다.

그러더니 좌석에 등을 기대고…… 살짝 눈매를 가늘게
떴다.

"졸리면 자도 돼. 깨워줄 테니까."

"……그렇게 해준다면, 그럼."

아리사는 눈을 감았다.

한편 유즈루는 휴대전화로 전자책을 읽기 시작했다.

잠시 후…….

"응……."

유즈루의 어깨에 살짝 체중이 더해졌다.

희미하게 달콤한 향기가 났다.

"……훗."

유즈루는 귀엽게 잠든 아리사의 얼굴을 흘끗 보고, 무심코 웃었다.

※

목적지 역에 도착하기…… 10분 전.

유즈루는 아리사를 깨우기로 했다.

"아리사."

쿡쿡, 아리사의 뺨을 손가락으로 찔렀다.

말랑말랑한 감촉에 버릇이 될 것 같았다.

"응……."

"빨리 안 일어나면 장난친다?"

유즈루는 반쯤 장난으로 그런 소리를 했다.

물론 남들의 시선이 있는 장소에서 가능한 '장난' 따위는 대단한 것도 아니지만.

"……안 돼요."

아리사는 어렴풋이 눈을 뜨고, 그렇게 말했다.

천천히 일어나서 크게 기지개를 켰다.

"응──, 잘 잤어요."

눈을 끔벅끔벅했다.

아직 조금 졸려 보였다.

"응. ……아리사, 침 흘렸어."

"어, 거짓말!"

아리사는 당황해서는 입가를 손으로 훔쳤지만…….

"미안, 거짓말이야."

"정말이지!"

"그래도 잠은 확실히 깼지?"

유즈루가 그러면서 웃자 아리사는 단정한 눈썹을 치켜
세웠다.

"정말……!"

그런 대화를 나누는 사이, 역에 도착했다.

유즈루와 아리사는 열차에서 내렸다.

그리고 개찰구를 지나서 택시를 타고 목적지를 이야기
했다.

"두 분, 젊으시네요. ……학생이신가?"

"예, 그래요."

"대학교 몇 학년?"

"어──, 아뇨, 고등학생이에요."

"고등학생?! 호오—."

택시 기사와 그런 대화를 나누다가 목적지에 도착했다.

조금 세월이 느껴지는 분위기의, 커다란 여관이었다.

"뭐라고 할까…… 운치가 있어서 좋네요."

아리사는 조금 신이 난 목소리로 말했다.

요즘 여고생인 아리사에게는 지나치게 수수하지 않을까? 그런 걱정은 기우였던 모양이라 유즈루는 안심했다.

"그럼 갈까."

"예."

둘이서 여관에 들어가서, 로비에서 "예약한 타카세가와입니다"라고 이야기했다.

잠시 후, 백발이 성성한 여성이 나타났다.

"저희 여관에 잘 오셨습니다."

그런 인사를 한 뒤…….

"그건 그렇고, 어머어머…… 정말 많이 컸네요. 유즈루군 아니, 유즈루 씨."

손에 입을 대고 기쁜 듯 말했다.

그녀는 이 여관의 주인이자 유즈루의 오랜 지인이었다.

"오랜만입니다."

유즈루는 가볍게 인사를 했다.

그리고 자기 한 걸음 뒤에 서 있는 약혼자, 아리사에게 시선을 향했다.

"제 약혼자인…… 유키시로 아리사예요."

"유키시로 아리사입니다. 잘 부탁드려요."

아리사는 싱긋, 미소를 짓고 그렇게 말했다.

한편 주인은 "어머어머"라며 기쁜 듯 소리 높였다.

"참으로 미인이시네요……."

그리고 어디서 만났는지, 얼마나 교제했는지…… 그런 것들을 미주알고주알 물었다.

처음에는 아리사도 웃으며 대답했지만, 서서히 그 미소는 굳이 따지자면 '쓴웃음'으로 바뀌었다.

"사장님, 슬슬……."

그때 여관의 종업원이 살며시 주인에게 충고를 했다.

대화가 너무 길다고.

그러자 주인은 퍼뜩 놀란 표정을 짓고는 얼버무리듯이 미소 지었다.

"그럼 이쪽으로……."

그리고 객실로 안내받았다.

"와아―, 멋지네요."

객실로 들어가자마자 아리사는 감탄을 터뜨렸다.

내부가 예쁜 것은 물론이지만, 유리 창문으로 보이는 정원의 풍경도 운치가 있어서 아름다웠다.

그리고 방이나 여관 내부 설비에 대해서 간단한 설명을 받았다.

"대욕탕은 물론이고, 이쪽에 작지만 노천탕이 있어요."

그러면서 객실에 딸린 노천탕으로 안내받았다.

프라이빗한 입욕을 즐길 수도 있다는 것이었다.

마지막으로 이불을 까는 시간, 식사를 가져올 시간 따위를 정하고…….

"그럼…… 편히 쉬시길."

싱긋 미소를 지은 뒤, 주인은 그 자리에서 떠났다.

유즈루는 주인이 나가는 것을 지켜보고 아리사에게 말했다.

"바로…… 목욕하지 않을래?"

유즈루의 제안에 아리사는…….

"어…… 모, 목욕, 말인가요."

어째선지 시선을 헤맸다. 그녀의 얼굴은 조금 붉었다.

"응…… 싫어?"

자기 전에 하고 싶다든지, 그런 느낌일까?

유즈루는 고개를 갸웃거렸다.

자기 전에 하고 싶다면, 그때 또 들어가면 되지 않느냐고 유즈루는 생각해버렸다.

"시, 싫다는 건…… 그게, 아니지만요……."

"……몸이 안 좋다든지?"

유즈루의 뇌리에 떠오른 것은, 생리였다.

생리 중에 입욕은 안 된다……는 규칙이 있는 욕실은, 결코 적지 않다.

"그, 그런 건 아닌데요……."

어느샌가 아리사의 얼굴은 귀까지 빨개졌다.

고개를 숙이고서 이따금 흘끗흘끗 유즈루 쪽으로 시선을 향했다.

"부끄럽다……든지?"

동성이라도 알몸을 드러내고 싶지 않다는 사람은 결코 드물지 않다.

특히 아리사는 눈에 띄는 외모, 스타일이니까…… 동성이라도 시선을 끌 것이다.

게다가 원래부터 부끄럼쟁이.

다른 사람 앞에서 알몸이 되는 것은 싫다, 부끄럽다고 하는 것은 그다지 위화감은 없지만…….

'……그렇다면 처음부터 말해주면 좋았을 텐데.'

시간이나 준비가 있다면 대응도 편했을 것이다.

게다가 억지로 온천 여행에 올 필요도 없었다.

"유, 유즈루 씨는…… 부, 부끄럽지 않나요?"

"어? 그건, 뭐…… 빤히 쳐다본다고 하면 불편하긴 하겠지만……."

유즈루의 목욕과 알몸에 대한 느낌은 일반적인 다수의 일본인 남성과 같다.

그러니까 부끄럽지는 않았다.

"빠, 빤히 쳐다본다니……."

"글쎄, 어떨까. 예를 든다면 말이지만…… 수영복이 있다면, 하겠다든지?"

"그, 그거라면 괜찮다고는 생각하지만…… 그, 그렇게까지 하고 싶나요?"

"그건 뭐, 그러려고 왔으니까……."

온천 여행의 주목적은 온천욕이다.

요리나 관광을 즐긴다는 목적도 있겠지만, 온천욕이 빠지면 시작되지 않는다. ……유즈루는 그렇게 생각했다.

"그, 그런 가요……."

"……아니 뭐, 아리사가 싫다면 난 혼자라도 할 건데."

딱히 유즈루도 강요할 생각은 없었다.

유즈루로서는 함께 즐거운 기분을 공유하고 싶다는 마음은 있었지만, 아리사가 즐겁지 않다면 의미는 없다.

"아, 아뇨…… 싫다는 건…… 유즈루 씨가, 그렇게까지 하고 싶은 일이라면……."

아리사는 주먹을 꽉 쥐더니 결심한 듯 말했다.

"애, 애써 볼게요!"

"아니, 그렇게까지 애를 쓸 건 없으니까……."

유즈루는 쓴웃음 지었다.

남들의 시선이 신경 쓰인다면, 아리사는 객실의 노천탕을 사용하면 그만이다.

애당초 대욕탕은 남탕과 여탕으로 나뉘어져 있다.

즐거운 기분을 공유한다는 의미에서는 아무런 문제도 없다.

'……아니, 잠깐만?'

이때 유즈루는 깨달았다.

"아리사, 혹시 몰라서 말해 두겠는데……."

"아, 예."

"그, 딱히 거기 노천탕에 같이 들어가자는 이야기가 아니라고?"

"……예?"

아리사의 표정이 굳어졌다.

"그, 그럼…… 어디 욕조, 말인가요?"

"아니, 그건…… 대욕탕 이야긴데. ……그리고 대욕탕은 남탕과 여탕으로 나뉘어져 있으니까 말이지?"

"……."

아리사는 입을 다물어버렸다.

찌릿, 조금 촉촉한 눈빛으로 유즈루를 노려보고…….

"유즈루 씨. 이 바보!!"

큰 목소리로 화냈다.

※

다행히도 아리사는 유즈루와 마찬가지로 '목욕탕이나 온천이라면 알몸이라도 문제없다' '동성이 상대라면, 빤히 쳐다보지 않는 한 괜찮다'라는 감성의 소유자였다.

대욕탕에 들어가는 것에는 딱히 문제는 없어서…….

바로 목욕하러 가자는 흐름이 되었다.

"평범하게 생각하면 대욕탕일 텐데."

대욕탕으로 가는 도중, 유즈루는 쓴웃음 지으며 그렇게 말했다.

손에는 수건과 갈아입을 유타카를 들고 있었다.

"……유즈루 씨는 평범하지 않으니까요."

한편 아리사는 조금 뾰로통한 말투로 그렇게 말했다.

수줍은 심정도 있고, 심기가 편치 않은 모양이었다.

"평범하지 않다니, 무슨 뜻이야?"

"……야한 사람이라는 거예요."

"그건 유감인데……."

야한 사람이니까, 같이 목욕하자고 제안해도 이상하지 않다.

무척 지독한 인식이었다.

"혼자 그런 발상에 다다르고 만 아리사 쪽이 야한 거 아닐까?"

"뭐라고요?!"

아리사는 반론하려고 입을 열려다가…….

그러나 금세 입을 다물어 버렸다.

말을 거듭할수록 억지로 부정하는 것처럼 들리겠다고 생각해서 그럴 것이다.

그렇게 걸어가다가 대욕탕 입구에 도착했다.

남탕, 여탕의 포렴이 있었다.

"나와서 만날 장소 말인데…… 포렴 앞, 여기면 될까?"

"그러네요. 저도 그러면 될 것 같아요…… 그럼."

"이따가 봐."

유즈루는 아리사와 헤어져서 포렴을 지났다.

※

"후우…… 좋은 탕이었어."

유즈루는 그런 말을 흘리며 포렴을 지났다.

대욕탕은 소문처럼 넓고, 또한 노천탕도 있어서 무척 기분 좋았다.

"어디, 아리사는 아직……."

"아, 유즈루 씨."

거의 동시에 아리사가 포렴에서 나타났다.

유즈루와 마찬가지로 유카타를 입고, 또한 젖은 머리카락에 유카타가 젖지 않도록 하려는 것인지 어깨에 하얀 수건을 걸고 있었다.

평소에는 하얀 피부가 어렴풋이 붉게 물들어 있었다.

어쩐지 평소보다 피부도 매끄러워서 섹시하게 보였다.

"잘 어울려."

유즈루가 그렇게 말하자 아리사는 작게 미소 지었다.

"유즈루 씨도…… 뭐라고 할까, 잘 어울리는 데다가 익

숙하다는 느낌이 드네요."

"뭐, 집에서는 자주 입으니까."

타카세가와 가문은 평상복으로 전통 복장을 입는 신기한 일족이다.

그런 의미에서 유즈루에게 유카타는 그다지 특별하지 않은 복장이었다.

"목이 좀 마르네요."

"음…… 이럴 때는 우유 같은 걸 마시는 게 왕도이기는 한데."

유즈루는 주인에게 받은 안내도를 펼쳤다.

그림을 살펴보니…… 대욕탕 근처에 휴게실 같은 장소가 있었다.

"이쪽으로 가볼까."

"그래요."

휴게실을 방문하자…… 그곳에는 마사지 체어나 발 마사지, 승마 머신 등의 건강 기구가 모여 있었다.

그리고 한 켠에는 앉을 수 있는 장소. 마실 것도 팔고 있었다.

"오, 커피 우유가 있잖아."

"저는 과일 우유로 할게요."

둘이서 수분을 보급하거나…….

"아아…… 시원하네."

"기분 좋아요…….

마사지 체어를 시도해 보거나…….

"아, 아얏! 아파요!!"

"컨디션이 너무 나쁜 거 아냐?"

발 마사지를 시도하거나…….

"꺄! 이, 이거, 굉장해……."

"……." '가슴이 흔들려…….'

승마 머신을 시도해 보거나…….

그렇게 각자가 즐긴 뒤, 객실로 돌아갔다.

"식사까지는…… 20분 남았나."

"아직 시간, 있네요."

유즈루와 아리사는 방석에 앉아서 멍하니 시간을 보내고 있었다.

딱히 무언가를 하는 것은 아니었다.

그저 늘어져 있을 뿐이었다.

"아리사……."

"예?"

"……졸리기 시작했어."

유즈루는 그런 말을 하며 아리사에게 기댔다.

몸이 따듯해지자 잠기운을 느낀 것이었다.

"이제 곧 저녁이 나온다고요?"

"조금만, 괜찮잖아."

"······정말이지, 어쩔 수 없네요."

유즈루는 아리사의 무릎 위에 머리를 얹었다.

무릎베개의 모양새가 되었다.

"어떤가요?"

"부드러워."

"······야하기는."

"물어본 건 너잖아."

아리사의 허벅지가 부드러워서 기분 좋은 것은 사실이었다.

얇은 유카타 너머로 희미하게 체온이 느껴졌다.

위를 봤더니 유카타 위로도 미처 가려지지 않는 융기와, 이쪽을 들여다보는 약혼자의 사랑스러운 얼굴이 있었다.

"정말로 졸려졌어."

"정말이지······ 아까는 거짓말이었어요?"

"뭐, 그렇지."

아리사에게 응석을 부리고 싶었다, 알콩달콩하고 싶었다, 놀리고 싶었다······.

그것이 본심이었다.

"어쩔 수 없는 사람이네요."

아리사가 유즈루의 머리를 쓰다듬었다.

이런 것까지 한다면 진짜로 잠들어버린다.

"······저녁이 나오면 깨워줘."

유즈루는 그러면서 눈을 감았다.

그리고…….

"……유즈루 씨, 유즈루 씨!"

"응……?"

아리사의 목소리에 유즈루는 천천히 눈을 떴다.

살짝 얼굴을 붉힌 아리사가 이쪽을 들여다보며 몸을 흔들고 있었다.

"아리사…… 안녕."

유즈루는 태평하게 그런 인사를 했다.

하지만…….

"어, 얼른 일어나요!"

아리사는 인사로 답해주지 않았다.

조금 억지스럽게 잡아당기는 손길에, 유즈루는 일어나서 주위를 봤다.

바로 옆에는 얼굴을 붉힌 약혼자.

그리고 테이블 근처에는…….

"어, 죄송해요…….."

"쉬고 계시는데, 실례합니다."

종업원이 쓴웃음 지으며 요리를 손에 들고 서 있었다.

그녀는 유즈루가 깬 것을 확인하고, 테이블 위에 요리를 놓았다.

그리고 요리를 설명하고 나중에 디저트를 가져오겠다고 하더니 그 자리를 떠났다.

"유즈루 씨!"

"왜, 왜 그래…… 새빨간 얼굴로."

종업원이 떠난 뒤, 아리사는 화난 얼굴로 유즈루에게 따지고 들었다.

유즈루는 쓴웃음 지으며 그런 그녀를 손으로 제지했다.

"왜 그러기는요! ……종업원 분이 웃었다고요! 사이가 좋으시다면서!"

"뭐, 어때. 사실이니까…… 아니면 너는 나랑 사이가 좋다는 말을 듣는 게 싫어?"

유즈루는 일부러 슬픈 표정으로 그렇게 말했다.

그러자 아리사는 고개를 가로저었다.

"그, 그런 건 아니지만요……."

"그럼 뭐 어때. ……식기 전에 요리, 먹지 않을래?"

유즈루의 말에 아리사는 조금 불만스러운 듯 끄덕였다.

마음을 다잡고 식사를 시작했다.

저녁은 생선회랑 튀김, 솥밥 등의 일식이 중심이었다.

"와, 맛있어요."

다행히도 맛있는 요리에 기분이 풀렸나 보다.

아리사는 눈가에 한껏 미소를 머금고서 요리를 맛보고 있었다.

"아리사는…… 튀김 소스파구나."

"그러는 유즈루 씨는 소금파인가요."

튀김에 소스와 소금, 어느 쪽이 어울리는가.

유즈루는 소금이 맛있다 생각하고, 아리사는 소스가 맛있다고 생각하는 모양이었다.

"소스가 단맛도 있어서 맛있지 않나요?"

"소금 쪽이 바삭한 식감을 맛볼 수 있다고."

아리사는 한 걸음도 물러날 생각이 없는 모양인데, 유즈루 역시 물러날 생각이 없었다.

그리고 유즈루는…….

"아리사, 아―앙."

"음."

소금을 찍은 새우튀김을 아리사의 입가로 가져갔다.

바삭, 아리사는 새우튀김을 입에 넣었다.

"어때?"

"맛있어요."

아리사는 그러면서 미소 지었다.

"하지만, 소스 쪽이 더 맛있어요."

"으음……."

의견을 바꿀 생각은 없는 듯했다.

그리고 아리사는 자기 새우튀김에 소스를 찍더니…….

"유즈루 씨, 아―앙."

유즈루에게 건넸다.

씹었더니 새우와 튀김옷, 그리고 소스의 맛이 입 안에서 녹아들었다.

"어떤가요?"

"맛있어."

"그렇죠?"

"하지만 소금 쪽이 더 맛있어."

"음……."

아리사는 미간을 찡그렸다.

그리고…….

"그럼…… 이번에는 여기, 가지로 시험해 볼래요? 가지는 틀림없이 소스라고 생각해요."

"여기 산나물은, 틀림없이 소금이 더 맛있어."

그런 대화를 나누며 유즈루와 아리사는 서로 튀김을 먹여줬다.

※

식후.

유즈루와 아리사는 먹은 것이 소화되기를 잠시 기다린 뒤, 다시 객실을 나섰다.

잘 때까지는 조금 시간이 있었으니까.

"유즈루 씨…… 탁구, 안 할래요?"

"……붙어 보자고."

온천이라면 탁구.

꼭 그렇다고 정해진 것은 아닐지도 모르지만, 이 여관에는 탁구대가 존재했다.

"간다, 아리사."

"예."

서로에게 공을 쳤다.

처음에 유즈루는 그저 즐겁게 놀고 있었지만…….

"유즈루 씨, 컨디션, 별로인가요?"

중간부터 자잘한 미스로 실점하는 등등, 아리사에게 집중력 결여를 지적받고 말았다.

"아, 아니…… 오랜만이었으니까."

유즈루는 그런 변명을 하며 공을 때렸다.

공은 네트를 살짝 스치고, 아리사 쪽의 코트 안쪽으로 떨어지고…… 튕겼다.

"에잇!"

아리사는 몸을 내밀고 팔을 뻗어서 튕겨 나간 공을 건져 내려고 했다.

그러자…….

'이건 지적하는 편이 나을까……?'

유카타 옷자락으로 아리사의 하얀 피부가 보였다.

그 밖에도 유카타가 조금 흐트러져서 가슴 계곡이 살짝 엿보이고 있었다.

다행히도 주위에 사람은 없으니까 이것을 볼 수 있는 것은 유즈루 뿐이었지만…….

그럼에도 신경을 쓰고 마는 것이 남자의 본성이다.

"유즈루 씨!"

"이, 이런……."

정신이 들자 공이 바로 옆에 있었다.

황급히 공을 쳐냈지만, 무척 엉뚱한 방향으로 날아가 버렸다.

"또 제가 이겼어요. ……약해지셨나요?"

아리사는 득의양양하게 그리 말했다.

이렇게 묘하게 자신만만한 아리사는, 무척 귀여웠다.

"아니, 네가 강한 거야."

"어어―, 그런가요?"

유즈루는 아리사를 추어올리면서도 게임을 계속했다.

그리고 한 시간 정도 후…….

"조금…… 피곤하네요."

"여기까지 할까."

그렇게까지 격렬한 운동을 한 것은 아니지만, 어느샌가 살짝 땀이 맺혀 있었다.

식후의 운동으로는 충분할 것이다.

"한 번 더, 목욕하러 가지 않을래요?"

"그럴까."

두 사람은 그대로 대욕탕을 향해 걸음을 옮기고…….

"잠깐만, 아리사."

유즈루는 아리사를 불러 세웠다.

아리사는 어리둥절해서 고개를 갸웃거리고, 돌아봤다.

"왜 그러나요?"

"아니, 대단한 건 아닌데."

유즈루는 그러면서 아리사의 유카타를 붙잡았다.

그리고 간단히 매무새를 가다듬었다.

살짝 들여다보이던 하얀 계곡이나 긴 다리를 가렸다.

"이런 무방비한 모습은 나한테만 보여줘."

유즈루는 그러면서 웃었다.

아리사의 얼굴은…… 어렴풋이 붉게 물들었다.

"고, 고마워, 요."

꾸물꾸물하며 아리사는 감사의 말을 건넸다.

※

욕탕에서 나와 객실로 돌아왔을 때에는 이미 이불이 깔려 있었다.

잘 때까지 둘이서 느긋이 보내다가…….

"마사지 체어, 좋았죠."

아리사가 그런 말을 꺼냈다.

아무래도 여관에 있는 마사지 체어가 꽤 마음에 들었나 보다.

"그, 다리를 압박하는 거, 좋았지."

"저는 어깨부터 등을 빙글빙글 누르는 게 좋았어요."

그러면서 자신의 어깨를 가볍게 두드렸다.

여전히 아리사는 어깨 결림으로 고민하는 모양이었다.

"아리사."

"……유즈루 씨?"

유즈루는 살며시 아리사의 어깨에 손을 얹고…….

꾹, 힘을 실었다.

"앙……."

"내 손이랑 기계, 어느 쪽이 좋아?"

목덜미, 옆쪽, 등쪽…….

아리사의 자그마한 어깨에 힘을 실어 주물렀다.

"자, 잠깐…… 유, 유즈루 씨……?"

아리사는 당황한 목소리를 높였다.

유즈루가 힘을 줄 때마다 몸을 움찔 떨었다.

"어때?"

유즈루는 살며시 아리사의 귓가에 속삭였다.

"어, 어떠냐니……."

아리사의 입에서 뜨거운 숨결이 새어 나왔다.

"어느 쪽이 좋아?"

"그, 그건…… 응."

아리사는 작게 숨을 헐떡이고는 대답했다.

"유즈루 씨 쪽이…… 좋아요."

"그건 잘됐네."

기계에게 이겼다는 사실을 알고 유즈루는 조금 기뻤다.

……딱히 기계를 질투한 것은 아니지만.

"또 어디 주물러 줬으면 하는 곳은 있어?"

"어…… 그, 그건……."

어째선지 아리사는 시선을 헤맸다.

살짝 몸이 굳어졌다.

"어, 아니…… 꼭 해줬으면 하는 건 아니지만……."

마사지를 시작한 것은 반쯤 장난, 반쯤 농담이었다.

아리사의 몸을 꼭 만지고 싶었던 것은 아니었다.

물론 만지고 싶지 않다면 거짓말이지만.

"……."

어째선지 아리사는 입을 다물어 버렸다.

아마포색 머리카락에서 엿보이는 귀와 목덜미는 새빨갛게 물들어 있었다.

일단 유즈루는 아리사의 어깨를 계속 두드렸다.

"괘, 괜찮아……요."

그리고 잠시 침묵한 뒤, 아리사는 그렇게 말했다.

잘은 모르겠지만 무언가를 결심한 것 같은…… 그런 목소리였다.

"……저기, 뭐가?"

"마, 만지고 싶은 거죠……?"

"……어어."

유즈루는 고개를 갸웃거렸다.

적어도 유즈루는 아리사에게, 특정한 장소를 만지고 싶다, 마사지하고 싶다는 이야기는 하지 않았다.

어디를 마사지해 줄까? 그렇게 물어봤을 뿐이다.

"……어디를 해줬으면 좋겠어?"

유즈루는 아리사에게 그리 물었다.

그러자 아리사는…….

"어, 어디라니. 그, 그런 거, 꼬, 꼭 말해야만, 하나요?"

"그건 뭐, 말을 안 하면 알 수 없으니까……."

확실히 말해주지 않으면 알 수 없다.

유즈루는 아리사에게 어디를 주무르면 좋을지 대답하라고 재촉했다.

"지, 짓궂어요……."

아리사는 어딘가 원망이 담긴 목소리로, 그렇게 말했다.

그리고…….

"마, 만져도…… 된다고요? 가, 가슴……."

그런 말을 했다.

유즈루의 손이 멈췄다.

"마, 말해 두겠는데…… 조, 조금, 이니까요? 어, 어쩔 수 없이, 말이니까……."

변명하듯 아리사는 빠른 말투로 그렇게 말했다.

유즈루는 곤혹스러워하며 물었다.

"……만져줬으면 좋겠어?"

"아, 아니에요! 마, 만지고 싶은 건…… 유, 유즈루 씨잖아요?!"

"그런 말은 한마디도 안 한 것 같은데……."

굳이 따지자면 만지고 싶기는 하다.

하지만 그런 말을 한 기억은 없었다.

애당초 무슨 일이든 순서가 있다. ……아무리 그래도 그런 부분을 의도적으로 만지는 것은 이르다고 유즈루는 생각했다.

"어, 아, 아니……."

아리사는 고개를 숙였다.

"미, 미안해요. 지레짐작했어요……."

"그, 그런가."

어쩐지 겸연쩍은 분위기가 흘렀다.

"……그게, 아리사."

"아, 예."

"슬슬, 잘까."

"그, 그러네요!"

그대로 두 사람은 잠자리에 들기로 했다.

※

'이, 이상한 소리, 해버렸어…….'

수면등 아래, 후회와 수치심이 아리사를 덮쳤다.

조금 전의 지레짐작, 실언에 대한 것이었다.

'아야카 씨랑 치하루 씨가, 이상한 말을 하니까……'

어깨를 주무르고, 은근슬쩍 가슴을 만질지도 모른다.

그런 반쯤 장난인 말이 뇌리를 스쳤기에…… 유즈루가 자신의 가슴을 만지고 싶어 한다는 이상한 착각을 해버린 것이었다.

'노, 노천탕도…… 아야카 씨랑 치하루 씨 잘못이에요!'

객실에 노천탕이 있다.

그 말을 들었을 때에 처음으로 떠오른 것이, '노천탕에 들어가자고 권유할지도 모른다'라는 두 사람의 말이었다.

유즈루는 아리사와 같이 온천에 들어가고 싶어서, 이 온천 여행을 권유한 것이다……라고 지레짐작을 해버렸다.

'이, 이래서는, 마치 제 쪽에서 하고 싶어 하는 것 같잖아요……'

그렇지 않더라도, 상상력이 지나치게 풍부하다고 여겨지더라도 어쩔 수 없었다.

'다음은 아마…… 요바이, 였던가요? 유즈루 씨가 그런 짓을 할 리가……'

그리고 그때.

옆에서 이불을 들추는 소리가 났다.

두근, 아리사의 심장이 크게 고동쳤다.

유즈루는 천천히 몸을 일으키고는 아리사 쪽으로 다가오더니…….

그대로 아리사를 넘어서 가버렸다.

'뭐, 뭐야…… 화장실인가.'

달칵, 화장실 문을 여닫는 소리, 물이 흐르는 소리가 들렸다.

잠시 후에 유즈루는 돌아와서…….

'……어?'

아리사의 이불 안으로 들어왔다.

'자, 잠이 덜 깼나……?'

아리사는 천천히, 신중하게 몸을 돌렸다.

그러자 아리사의 얼굴 바로 옆에, 잠든 유즈루의 얼굴이 있었다.

자고 있는…… 것처럼 보였다.

'뭐, 뭐야…… 틀림없이, 요바이라고…….'

신경 쓰지 않으려고 아리사는 다시 등을 돌렸다.

하지만…….

"아리사……."

꽉, 몸을 붙잡혔다.

등 뒤에서 끌어안기자 또다시 아리사의 심장이 격렬하게 뛰었다.

"유, 유즈루…… 씨?"

아리사는 작게 유즈루를 불렀다.

그러자 유즈루는…….

"……좋아해."

그렇게, 대답했다고는 더욱 힘껏 끌어안았다.

'자, 잠꼬대지? 아니면, 잠꼬대인 척……?'

정신이 들자 아리사는 유즈루 품에 쏙 들어가 있었다.

자고 있는지, 자는 척을 하는지는 알 수 없지만 무척 강한 힘이었다.

아프지는 않지만, 간단히 빠져나갈 수는 없었다.

'저, 정말이지, 유즈루 씨는…….'

곤란한 사람이라고, 아리사는 속으로 한숨을 내쉬었다.

그러나 꿈속에서도 자신을 원하는 것은, 그리고 유즈루의 체온을 느끼며 잠드는 것은…… 결코 나쁜 기분은 아니었다.

"……잘 자요."

아리사는 몸의 힘을 빼고, 수마에 자신을 맡겼다.

맞선 보고 싶지 않아서 억지스러운 조건을 달았더니 동급생이 온 일에 대해서

제4장

'약혼자'와 온천 여행 후편

다음 날 아침.

유즈루의 의식이 천천히 깨어났다.

"……응?"

문득 자신이 무언가 부드러운, 따듯한 것을 끌어안고 있다는 사실을 깨달았다.

어렴풋이 달콤한 향기가 났다.

눈을 뜨자…….

"……아리사?"

어째서 아리사가 이 방에? ……그렇게 곤혹스러웠지만, 금세 유즈루는 자신이 여행 중이라는 사실을 떠올렸다.

"자, 자다가 잘못 들어왔나 보네."

유즈루는 천천히, 신중하게 아리사에게서 떨어졌다.

그리고 흐트러진 유카타를 바로잡고 다시금 아리사를 바라봤다.

다행히도 아리사는 기분 좋게 잠들어 있었다.

하지만…….

'꽤, 꽤나 엄청난 상태인데…….'

유카타는 잔뜩 흐트러지고 말았다.

희고 청초한 속옷이 전혀 감춰지지 않았다.

'……봉인하자.'

유즈루는 이불을 덮어서 아리사의 반라 모습을 가렸다.

"……목욕이라도 할까."

모처럼의 기회니까 객실 노천탕이라도 들어가 보자.

그런 생각에 수건을 들고 욕실로 향했다.

그렇게 한바탕 입욕을 마치고 돌아왔더니…….

"응…….."

아리사가 멍한 표정으로 눈을 비비고 있었다.

아무래도 지금 막 깬 참인 듯했다.

"아…… 유즈루 씨. 좋은 아침이에요……."

"……안녕, 아리사."

유즈루는 얼굴을 돌리며 인사를 했다.

한편 아리사는 의아한 듯 고개를 갸웃거렸다.

"왜 그러시나요?"

"……그게, 유카타 상태가 좀 그렇다고."

유즈루의 말에 아리사는 자신의 몸으로 시선을 떨어뜨렸다.

유카타가 흐트러져 있었다.

좀 더 직접적으로 말하자면 반쯤 벗겨지려 한다는 것이 맞는 표현이었다.

하얀 속옷이 위아래 모두 훤히 보이고 있었다.

"앗…… 저, 저기, 그, 그게…… 이, 이건!"

"어―, 나는 저쪽 보고 있을 테니까."

유즈루는 그러고는 아리사에게서 등을 돌렸다.

등 뒤에서 천이 스치는 소리가 났다.

"소, 소란을 피웠네요……."

"어, 괜찮아."

유즈루는 돌아보고 말했다.

아리사의 얼굴은 어렴풋이 붉게 물들어 있었다.

그러나 유카타 매무새는 고쳤지만 머리 모양은 덥수룩했다.

"아침식사까지는 시간이 있으니까…… 목욕이라도 하고 오는 게 어때?"

"그, 그러네요. 그렇게 할게요……."

아리사는 작게 끄덕이고 노천탕으로 갔다.

"아침, 맛있었네요."

"응…… 조금 과식했지만."

아침식사는 이른바 뷔페 형식이었다.

뷔페라면 아무래도 모든 메뉴를 시도하고 싶어져서……

결과적으로 과식을 하고 말았다.

"오늘은 어떻게 할까요?"

"모처럼 왔으니까 나가서 관광을 해볼까 싶어. 어때?"

"괜찮을 것 같아요."

물론 여관에서 느긋하게 보내는 것도 결코 나쁘지는 않았지만…….

기왕 관광하러 왔으니까, 관광지를 돌아보지 않는 것도 아깝다.

목적도 정해져서, 두 사람은 유카타에서 사복으로 갈아입었다.

"그렇지, 유즈루 씨. ……가고 싶은 장소라든지, 정하셨나요?"

"어? 아니, 적당히 온천 거리에서 선물이나 찾아볼까…… 정도인데. 아리사는 있어?"

유즈루가 묻자 아리사는 끄덕였다.

그리고 유즈루에게 휴대전화 화면을 보여줬다.

"여기 가고 싶어요!"

"……흠, 열대원인가."

아무래도 온천의 지열을 이용해서 열대 지역의 동식물을 사육하는 듯했다.

"온천에 들어가는 카피바라가 보고 싶어요."

"그렇구나. 괜찮아…… 가볼까."

유즈루로서는 딱히 이의는 없었다.

그렇게 되어서, 대중교통이나 택시 등을 이용해서 두 사람은 그 열대원으로 향했다.

"와아…… 귀여워요!"

카피바라를 앞에 두고 아리사는 기쁜 듯 웃었다.

온천에 들어가 있는 것만으로 아리사에게 "귀엽다"라는 말을 듣다니 부러운 쥐라고 유즈루는 내심 생각했다.

"아리사가 더 귀여워."

"그게 뭔가요."

아리사는 쓴웃음 지었다.

카피바라와 비교해 봐야…… 그런 표정이었다.

"온천에 들어가 있는 아리사가, 틀림없이 더 귀여울 거야."

유즈루는 그런 말을 흘렸다.

귀엽다……기보다는 섹시하다는 쪽이 옳을지도 모른다.

"……."

"아리사?"

갑자기 꾹 하고 입을 다물어 버린 아리사에게 유즈루는 되물었다.

"유즈루 씨는…… 그게."

"응?"

"역시, 저랑 같이 목욕하고 싶다든지 그런가요?"

아리사의 물음에 유즈루는 잠시 생각하고는 대답했다.

"하고 싶은지를 묻는다면, 그건 당연히…… 하고 싶기는 하지."

아리사와 함께 몸을 담그고서 느긋한 시간을 보내거나, 서로 물을 끼얹거나 할 수 있다면 분명히 즐거울 것이다.

아리사의 맨살을 보고 싶냐, 보고 싶지 않느냐고 묻는다면…… 당연히 보고 싶다는 대답이 나온다.

그리고 적어도 유즈루는 아리사에게 몸을 드러내더라도 부끄럽다는 기분은 없다.

……물론 온천 안에서라는 조건이 있지만.

"그, 그런가요……?"

"근데 아리사의 마음에 달린 거니까……. 부끄럽잖아?"

유즈루는 아리사와 함께 즐기고 싶은 거지, 아리사가 즐겁지 않다면 아무런 의미도 없다.

"어떨……까요? 좀 모르겠어요."

"……모르겠어?"

"저도 딱히…… 유즈루 씨한테 드러내는 게 싫은 건 아니니까……."

아리사는 그러면서 애매하게 웃었다.

아무래도 같이 하고 싶은지, 아닌지를 딱 나눌 수가 없는 기분인가 보다.

"뭐, 하지만 애당초……."

유즈루는 살며시, 검지로 아리사의 입술을 건드렸다.

"이쪽이, 먼저겠지?"

"그, 그만해요……."

아리사는 붉은 얼굴로 유즈루의 손을 뿌리쳤다.

그리고 단정한 눈썹을 추어올렸다.

"정말이지, 이런 곳에서……!"

"미안, 미안."

유즈루는 웃으며 사과하고, 아리사는 반성의 기미가 보이지 않는 유즈루를 가볍게 흘겨봤다.

그런 대화를 나누며 두 사람은 열대원을 돌아봤다.

파충류를 보거나, 동물에게 먹이를 주거나, 닥터 피시를 체험하거나……

한바탕 데이트를 즐긴 뒤, 두 사람은 여관으로 돌아가기로 했다.

"기왕 왔으니까 온천 거리도 들르지 않을래?"

"그러네요. 선물로 사가야겠죠."

도중에 두 사람은 온천 거리를 들렀다.

선물을 산다는 목적도 그렇지만, 온천 거리의 분위기를 맛보고 싶었다는 이유도 있었다.

"먹으면서 다닐 수 있네요."

"겸사겸사 식사도 하고 갈까."

온천 만주 등의 기본은 물론, 닭꼬치나 생선꼬치 등등 온천과 무슨 관계인지 알 수 없는 음식까지 팔고 있었다.

한바탕 선물 구입을 마친 두 사람은 휴식을 위해 카페에 들렀다.

하지만 평범한 카페가 아니었다.

"족욕도 기분 좋네요."

"발만 젖는 건 조금 이상한 기분이 들지만."

족욕을 즐기며 식사를 할 수 있는 곳이었다.

다만 이것저것 사먹으며 한바탕 식사를 마친 탓에, 둘 다 제대로 식사를 할 생각은 없었다.

"유즈루 씨는 어떤 걸로 할래요?"

"으—음, 말차일까……."

"그럼 저는 벌꿀로 할게요."

두 사람은 말차맛, 벌꿀맛 소프트를 각자 주문했다.

족욕으로 따듯해진 몸에 차가운 소프트크림을 먹으니, 특별히 더 맛있게 느껴졌다.

"유즈루 씨, 유즈루 씨."

꾹꾹, 아리사는 유즈루의 옷을 잡아당겼다.

유즈루는 스푼으로 자기 소프트 아이스크림을 가리키며 물었다.

"먹어볼래?"

"예."

유즈루는 말차 소프트크림을 스푼으로 떠서 천천히 아리사의 입가로 옮겼다.

덥석, 아리사는 소프트크림을 입에 넣었다.

"어때?"

"맛있어요."

기쁜 듯 아리사는 미소 지었다.

그리고 아리사는 자신의 벌꿀맛 소프트크림을 뜨는

말했다.

"유즈루 씨도, 어때요?"

"그럼 받아볼까."

유즈루가 입을 벌리자 자연스러운 동작으로 아리사는 소프트크림을 그의 입으로 옮겼다.

유즈루의 입 안에 달콤한 맛이 퍼졌다.

"어떤가요?"

"맛있어."

다만 소프트크림 그 자체보다도 아리사가 먹여줬으니까 맛있다는 기분이 강했지만.

그렇게 두 사람은 소프트크림을 모두 먹을 때까지 서로 먹여주었다.

※

"후우…… 꽤 지치네."

객실 구석에 선물을 놓아두고, 유즈루는 그런 말을 중얼거렸다.

나름대로 걸어 다녔으니까 조금 피로가 쌓여 있었다.

"하지만 이제는 느긋하게 쉴 수 있어요."

오늘 밤, 1박을 하고…… 내일 아침에는 집으로 돌아갈 예정이었다.

그러니까 온천에 몸을 담글 수 있는 것도 오늘이 마지막

이다.

"어떤가요? 유즈루 씨. 목욕…… 하러 갈래요?"

"……갈까!"

두 사람은 새 유카타와 수건을 들고 대욕탕으로 향했다.

"유즈루 씨는 아직인가요……."

아리사는 포렴 앞에서 툭하니 중얼거렸다.

욕탕으로 들어간 것은 동시였지만, 나온 것은 아리사 쪽이 먼저였나 보다.

'오늘로 끝인가…….'

아리사는 마음속으로 중얼거렸다.

같이 식사를 하거나, 데이트를 하거나…… 여행은 무척 즐거웠다.

즐거웠지만, 그러나 조금 부족하다고 아리사는 느꼈다.

아니, 부족하다는 표현은 정확하지 않았다.

굳이 따지자면…… 아직, 무언가 할 것이 남아 있다.

그런 느낌이었다.

'……아직, 안 했죠.'

아리사는 자신의 입술을 만지고, 중얼거렸다.

가볍게 의식하는 것만으로도 자신의 몸이 뜨거워지는 것을 느꼈다.

여행을 오기 전과, 지금.

아리사가 느끼기에, 관계가 크게 진전된 것 같지 않았다.

좋게 말하면 안정적이다.

하지만 정체되었다고 말할 수도 있다.

'게다가 같이 목욕도……'

같이 목욕을 하는 건, 유즈루 앞에서 알몸이 되는 것은 아리사에게 무척 부끄러운 일이다.

하지만…… 냉정하게 생각해보면 '모처럼 왔으니까, 혼욕하자'라는 느낌으로 자연스럽게 입욕할 수 있는 것은, 이번뿐이다.

이 기회를 놓치면 다음은 언제가 될지 알 수 없다.

'유즈루 씨 쪽에서 강하게 요구해 준다면 좋을 텐데……'

아리사에게도 유즈루와 함께 목욕하고 싶다, 키스하고 싶다는 기분은 있다.

다만 부끄럽다는 기분이 방해를 하고 만다.

그래서 유즈루가 억지스럽게 권유해 준다면, 아리사도 결심할 수 있을……지도 모른다.

"아, 아니, 하지만, 역시……."

아리사가 고민하고 있는데…….

"어머, 아리사 씨."

갑자기 누군가 이름을 불렀다.

목소리의 주인은 이 여관의 주인이었다.

"즐기고 계신가요?"

"예, 무척이요."

아리사는 미소를 짓고 대답했다.

온천이 기분 좋은 것, 요리가 무척 맛있다는 것을 이야기했다.

"그건 다행이네요. ……그렇지! 객실에 있는 노천탕은 이미 즐기셨나요?"

"예, 오늘 아침에 들어갔어요."

"어머나, 아침부터! ……유즈루 씨랑?"

"서, 설마요!"

설마 주인한테 그런 소리를 들을 것이라고 생각하지 않았던 아리사는 놀란 목소리를 높였다.

크게 고개를 가로저었다.

"그, 그런 건…… 아직, 저희한테는……."

"어머, 그런가? ……사이가 좋아 보인다고 들었는데요."

주인은 조금 아쉽다는 듯 말했다.

그리고 손뼉을 짝 쳤다.

"혹시 괜찮다면…… 입욕용 옷을 빌려드릴까요?"

"입욕용 옷? 그런 게……."

온천이나 목욕탕에서는 원칙적으로 수건 따위를 몸에 걸치면 안 된다.

물이 더러워진다든지 그럴 테니까.

하지만 손님 중에는 이런저런 사정으로, 몸을 가리며 목욕하고 싶은 사람도 있다.

그런 사람이 몸을 가리고서 목욕할 수 있도록 그런 옷이 존재한다.

"어떨까요?"

"그럼, 그게…… 빌릴게요."

기껏 좋은 뜻으로 제안하는데 거절할 수는 없었다.

……딱히 옷을 빌렸다고 해서 반드시 목욕을 해야만 하는 것도 아니었다.

빌려준다니까 일단 빌리면 된다.

"그럼 나중에 가져다 드릴게요. ……그런데, 말이죠."

"예."

"역시나 타카세가와 가문 아드님의 약혼자가 되는 건…… 이래저래 힘들지는 않았나요?"

귓속말을 하듯 물었다.

아무래도 주인은 '인의 없는 여자들끼리의 싸움' 같은 것이 존재하지는 않았을까 상상하는 듯했다.

"그러네요. ……뭐, 우여곡절은 있었어요."

아리사는 쓴웃음을 짓고 그렇게 얼버무렸다.

우여곡절이 있었던 것은 사실이다. ……주인이 기대하는 그런 일이라고는 할 수 없지만.

"역시?!"

"예…… 지금도, 방심할 수는 없겠다고 생각해요."

이에 대해서는 진심이었다.

유즈루가 자신을 좋아해 주기를 바라고, 그리고 더욱 좋아하게 되기를 원한다.

누구에게도 넘기고 싶지 않다는 기분도 있다.

"그렇겠죠…… 앞으로도, 힘들겠어요."

주인은 응응, 고개를 끄덕였다.

다만 주인이 생각하는 그런 여자들 사이의 다툼이 있겠
느냐고 한다면, 미묘하기는 하지만.

"아리사 씨와 유즈루 씨는, 소꿉친구일까요?"

"예? 아뇨……. 그런 건 아니에요. 고등학교는 같은 곳
이지만요."

"어머, 그랬군요. ……아니, 옛날에 유즈루 씨와 소꿉친
구 가족이 여기서 묵으신 적이 있어서……."

"소꿉친구, 인가요. 그건…… 타치바나 씨, 사타케 씨,
우에니시 씨인가요?"

아리사는 자신이 아는 유즈루의 '소꿉친구'들 이름을 언
급했다.

그들이 어릴 적, 유즈루와 이 여관에 묵으러 왔다는 것
은 신기한 일이 아니다.

"예, 그래요. ……혹시, 아는 사이?"

"동급생이니까요."

"호오—, 그건 또……."

주인은 그렇군요, 라며 크게 끄덕였다.

"그럼 우에니시 씨와, 쟁탈전을 벌였다…… 같은 느낌일
까요?"

"……예? 어째서요?"

"아뇨, 옛날에…… 10년도 더 전에, 우에니시의 아가씨

는 유즈루 씨의 약혼자 후보라고, 타카세가와 씨와 우에니시 씨한테……."

"……호오."

처음 들었다.

아리사의 심장이 두근두근, 격렬하게 뛰었다.

어찌된 영문인 걸까, 어찌할 도리도 없는 불안이 덮쳐들었다.

"사장님! 손님께서 오셨어요!!"

"어머…… 벌써 그런 시간인가요! ……그럼 아리사 씨. 남은 시간도 즐겁게 지내다 가세요."

주인은 그러면서 떠나고…… 아리사는 홀로, 남겨졌다.

멍하니 있는 아리사.

그곳으로…….

"아리사, 지금 나왔어. ……아리사?"

"어, 아! 유즈루 씨!! 나왔군요!"

"응, 늦어져서 미안해."

"아뇨, 저도 지금 막 나왔으니까요. ……슬슬 저녁시간이에요. 돌아가죠."

아리사는 유즈루와 함께 객실로 향했다.

가는 도중에…….

"……좋아!"

작은 목소리로 기합을 넣듯이, 무언가를 결의하듯이, 중 얼거렸다.

※

"와아…… 귀여워요!"

"그, 그러네……."

유즈루와 아리사는 텔레비전을 보고 있었다.

화면에는 '아기동물 특집'이라는 느낌의 방송이 나오고 있었다.

거기까지는, 문제없었다.

문제는…… 유즈루의 무릎 위에 있었다.

'……어째서 이렇게 됐지?'

유즈루의 무릎 위에, 아리사가 앉아 있었다.

잘 때까지 심심하다며 텔레비전을 켠 유즈루의 무릎 위에 아리사가 앉은 것이었다.

다만 무릎 위라기보다는…… 엄밀하게는 유즈루의 다리 사이에 아리사가 폭 파묻혔다는 표현이 맞았다.

'뭐, 귀여우니까 상관없지만…….'

유즈루는 자신의 시선보다 조금 아래에 있는 아리사의 머리를 다정하게 쓰다듬었다.

그러자 아리사는 기분 좋게 느껴지는 목소리를 흘렸다.

텔레비전에 나오는 강아지, 고양이와 같은 반응이었다.

'무슨 일이지? 갑자기…….'

대욕탕에서 돌아온 뒤, 아리사는 계속 이런 분위기였다.

왜인지 유즈루에게 적극적으로 스킨십을 했다.

그것도 살짝 고의적으로.

"……끝나버렸네요."

유즈루가 의문을 품고 있노라니, 마침 화면에 나오던 방송이 끝났다.

아리사는 조금 아쉽다는 듯, 하지만 어째선지 긴장을 머금은 목소리로 그렇게 말했다.

"슬슬 잘까. ……아리사."

"예."

"그게, 비켜주지 않을래?"

유즈루가 그렇게 말하자 아리사는 작게 끄덕였다.

천천히, 무릎 위에서 비켰다.

그리고…….

"유즈루 씨!"

갑자기 유즈루의 손을 양손으로 붙잡았다.

이 행동에는 제아무리 유즈루라도 놀랐다.

"왜, 왜 그래?!"

"그, 그게……."

태도가 살짝 애매모호했다.

뺨은 어렴풋이 붉었다.

"자기 전에…… 하나, 괜찮을까요? 부탁이 있어요."

"상관은 없는데…… 뭐야?"

유즈루가 묻자 아리사는 살짝 망설이는 모습을 내비치고는…… 유즈루의 눈을 빤히 바라보며 말했다.

"여, 연습……하지 않을래요?"

"연습?"

"키, 키스…… 연습이요."

키스 연습.

최근에는 한동안 하지 않았다.

유즈루가 하자고 말을 꺼내지 않았으니까.

깊은 이유는 없었다. 딱히 서두를 필요는 없다고 생각했으니까.

현재 아리사와의 관계에 어느 정도 만족을 얻었기 때문이라고도 할 수 있었다.

"가, 갑작스럽네……."

"아, 안 되나요?"

불안한 듯 아리사는 물었다.

"……알았어."

유즈루는 끄덕였다.

그리고 유즈루는 살며시 아리사의 손을 잡았다.

약혼반지가 빛나는 그 손등에, 살며시 입술을 댔다.

"응……."

아리사는 작게 목소리를 흘렸다.

그리고 힘이 축 빠져서는 유즈루에게 몸을 기댔다.

유즈루는 그런 아리사의 찰랑거리는 머리카락을 살며시 손으로 쓰다듬었다.

한편 아리사는 열기가 어린 시선을 유즈루에게 향했다.

"아리사……."

유즈루는 그녀의 이름을 부르며 살며시 머리카락에 키스를 했다.

그리고 다음으로 이마에 입술을 가져다 댔다.

"아…… 얼굴은……."

가냘픈 목소리를 흘렸다.

하지만 그런 그녀를 무시하고 유즈루는 이마에 입을 맞추었다.

"어때?"

"……괜찮은 것 같아요."

뜨거운 숨결을 흘리고, 뺨을 물들이고, 촉촉한 눈동자를 유즈루에게 향하며 아리사는 그렇게 말했다.

그리고 두 사람은 서로 몸을 정면으로 마주했다.

그리고 꼬옥, 뜨거운 포옹을 나누었다.

서로 얼굴을 마주봤다.

유즈루가 살며시 얼굴을 가져다 대자 아리사는 눈을 감았다.

아리사의 부드러운, 장밋빛으로 물든 뺨에 유즈루의 입술이 닿았다.

"저도…… 괜찮을까요?"

"……응."

유즈루가 그렇게 대답하자 아리사는 눈을 꽉 감고 몸을 떨며, 천천히 입술을 유즈루에게 가져다 댔다.

아리사의 매끄러운 입술이 유즈루의 뺨에 닿았다.

"했어요……."

"했구나."

기쁜 듯 미소 짓는 아리사의 머리카락을 유즈루는 살며시 쓰다듬었다.

기분 좋은지 아리사는 눈에 호를 그렸다.

"아리사."

"예."

"조금 더…… 괜찮을까?"

유즈루가 그렇게 묻자 아리사는 붉은 얼굴로 작게 끄덕였다.

"예…… 마음대로."

유즈루는 그런 아리사를 다시 끌어안았다.

아리사의 몸은 무척 부드럽고, 그리고 뜨거웠다.

그리고…….

"으응……."

그녀의 하얀 목덜미에 입술을 댔다.

아리사가 몸을 떠는 것을 확실하게 알 수 있었다.

"여긴 괜찮아?"

"응…… 예……."

끄덕, 아리사는 고개를 위아래로 움직였다.

다음으로 유즈루는 살며시, 아리사의 귓가에 입을 가져다 댔다.

그리고 살며시, 숨결을 흘렸다.

"아, 잠깐, 거긴……."

이어서 귀에 키스하자 아리사는 몸을 움찔 떨었다.

"……아, 안 돼요."

가냘픈 목소리로 아리사는 그렇게 말했다.

하지만 유즈루로서는 그녀가 정말로 싫어하는 것처럼은 느껴지지 않았다.

"아리사. 사랑해."

유즈루는 아리사의 귓가에 속삭였다.

말과 함께 나오는 숨결이, 아리사의 귀와 머리카락을 가볍게 간질였다.

"그, 그런 말을 해도…… 안 되니까요."

한편 아리사는 입술을 잔뜩 삐죽이며 토라진 듯 말했다.

그리고…….

"답례예요."

귓가에서 그렇게 속삭이고는 유즈루의 귀에 키스했다.

그리고 유즈루의 목덜미에 입술을 댔다.

"……아리사."

"유즈루 씨……."

서로 얼굴을 마주보고 뺨이나 이마에 키스를 교환했다.

횟수를 거듭할수록 두 사람의 몸은 뜨겁게 녹아내렸다.

"유즈루 씨…… 저기."

"왜?"

"입술은…… 어떤가요?"

아리사는 그러면서 유즈루를 올려다봤다.

자연스럽게 유즈루의 시선이 아리사의 매끄러운 입술로 빨려들었다.

립 밤을 바른 입술은 촉촉하고 무척 부드러워 보였다.

"……괜찮겠어?"

"유즈루 씨가…… 하고 싶다면."

그러면서 아리사는 지그시 유즈루를 바라봤다.

가늘게 몸이 떨리는 것을 알 수 있었다.

"……그렇게 무리할 것 없어."

유즈루는 그러면서 아리사의 머리카락을 다정하게 쓰다듬었다.

그리고 뺨에 키스했다.

"아으……."

아리사의 몸에서 힘이 빠졌다.

긴장하고 있었나 보다.

"오늘은 뺨에 키스할 수 있었어. 큰 진보야."

"……예."

"기회는 또 있어. 서두르지 말고 조금씩 나아가자."

유즈루는 그러면서 아리사를 끌어안았다.

아리사는 유즈루의 품속에서 어딘가 안심하면서도, 아쉽다는 표정을 지었다.

"그럼, 잘까."

유즈루는 그러면서 리모컨을 조작해서 불을 껐다.

다만 아리사는 어두운 것을 싫어하니까 완전히 끄지는 않았다.

수면등은 켜두었다.

"잠깐만요, 유즈루 씨."

"……어?"

"저, 저는…… 어두운 걸 극복하자고, 생각하거든요."

"……호오."

갑자기 아리사가 의외의 말을 꺼냈다.

"그건 또 어째서?"

"예? 그건, 그게…….."

아리사는 말끝을 흐렸다.

그리고 잠시 침묵한 뒤, 대답했다.

"유즈루 씨는, 어두워야 잠을 잘 자잖아요?"

"아니, 뭐, 그건 그런데…….."

"절 위해서 맞춰주기만 하는 건 미안하니까, 극복해 볼까 싶어서요."

유즈루는 어두운 편이 편하게 잘 수 있고, 수면의 질도 높다.

이번처럼 며칠만 수면등 아래에서 자는 정도라면 견딜 수 있겠지만…… 언젠가 유즈루와 아리사는 결혼하고 매일 같은 방에서 자야 한다.

장래의 일을 생각하면 아리사가 어둠을 극복하는 편이, 유즈루의 건강에는 나을 것이다.

아리사의 주장에 이상한 점은 없었다.

하지만…….

'뭐라고 할까, 지금 막 떠올렸다는 느낌이 드는데…….'

유즈루는 살짝 위화감을 느꼈다.

그렇지만 의심해 봐야 어쩔 수 없었다.

"그럼, 꺼볼게……."

"자, 잠깐만요!"

유즈루가 불을 끄려고 하자 아리사는 당황하며 그것을 막았다.

"……역시 그만둘까?"

"아뇨, 그런 게 아니고요…… 더 할 이야기가 있어요."

"흠."

"어둠을 극복하고 싶기는 한데, 그게, 무서운 건 무서워요. 그러니까…… 옆에서 같이, 자면 안 될까요?"

예상치 않은 제안에 유즈루는 조금 놀랐다.

그렇지만 그냥 같이 자는 것이라면 이전에, 한 번 그런 적이 있었다.

"알았어, 괜찮아."

"고마워요!"

그러자 아리사는 기쁜 듯 유즈루의 이불 안으로 파고들었다.

……조금 거리가 가까웠다.

"……끈다?"

"예!"

유즈루는 불을 껐다.

순식간에 주위를 어둠이 뒤덮었다.

그러자 아리사는 유즈루를 꼬옥 끌어안았다.

"아, 아리사……?"

"……왜요?"

"아니, 그게…… 너무 달라붙은 거 아냐?"

마치 코알라가 나무를 끌어안듯이, 아리사는 유즈루의 몸을 휘감고 있었다.

양팔로 유즈루의 한쪽 팔을 단단히 홀드하고, 양다리를 유즈루의 다리에 휘감았다.

"그게, 무섭잖아요."

"……그렇게나 무서우면, 수면등 켤까?"

"그건 안 돼요!"

아리사는 유즈루의 제안을 강한 어조로 거절했다.

곧이어 조금 불안한 듯 물었다.

"……귀찮나요?"

"아니, 그런 건 아니지만……."

지금이 7, 8월이라면 아무리 그래도 "더워"라고 느낄지도 모르겠지만…… 지금은 5월이다.

아리사에게 안긴 정도로 더운 것도 아니고 힘들지도 않았다.

하지만…….

"그게, 이것저것 닿는다고 할까……."

"……뭐가 말인가요?"

"아니…… 가슴이라든지……."

딱 아리사의 가슴 계곡에 유즈루의 팔이 들어가는 모양새가 되어 있었다.

다리도 서로 휘감고 있으니까 아리사의 맨다리와 직접 맞닿았다.

"……닿으면, 안 되나요?"

"……어?"

"저희, 약혼자라고요? 약혼자라면…… 괜찮지 않나요?"

"그, 그건……."

"아니면…… 싫은, 가요?"

슬픈 듯 아리사는 그렇게 말했다.

그런 말을 들으니, 유즈루로서는 안 된다고 할 수가 없었다.

"싫지 않아."

"그럼…… 괜찮은가요?"

"……괜찮아."

유즈루가 그렇게 대답하자 아리사는 더더욱 그에게 몸을 밀착했다.

벌어진 유카타 사이로 이따금 살과 살이 맞닿았다.

'위, 위험해……'

유즈루의 본심으로는, 이렇게 아리사가 따르는 것은 나쁜 기분은 아니었다.

좋아하는 여자한테 안겨서 함께 자고, 자신에게 응석을 부리는데 싫어하는 남자는 없을 것이다. 있다면 그 녀석은 그 여자를 그다지 좋아하지 않는다는 의미다.

문제는 어떤 의미로 지나치게 기쁘다는 것이었다.

유즈루도 남자니까 성욕이 있다.

이런 접촉은 아무래도 그런 욕구를 불러일으키고 만다.

그렇게 되면 몸이 반응한다.

그것을 아리사에게 들키는 것은 그다지 좋지 않다.

'무섭게 만들고 싶지는 않단 말이지……'

남자니까 당연하잖아! 라고 뻔뻔하게 굴 수 있을 만큼, 유즈루의 정신은 강하지 않았다.

무서워한다면, 불결하게 여긴다면, 싫어한다면…… 그런 생각을 하고 만다.

"유즈루 씨, 좋은 냄새가 나요……."

그런 유즈루의 마음을 아는지 모르는지, 아리사는 그런 말을 꺼냈다.

아리사의 숨결이 유즈루의 목덜미를 쓰다듬었다.

"그, 그런가. 뭐, 땀 냄새가 안 난다면 좋겠지만……."

"저는, 어떤가요?"

"어?"

"저는 어떤 냄새가 나나요? ……맡아봐요."

싫다고 할 수는 없었다.

유즈루는 살며시 아리사의 머리카락에 코를 가져다 대고, 그 향기를 맡았다.

"어떤가요?"

"……비누 냄새, 일까?"

"그건 좋은 냄새인가요?"

"응, 좋은 냄새야."

"기뻐요."

오늘 아리사는 묘하게 적극적이었다.

아니, 오늘이라는 말은 정확하지 않았다.

엄밀하게는 대욕탕에서 나온 후의 아리사, 라는 것이 정확하리라.

'뭔가, 좋은 일이라도 있었나?'

아니면 그 반대인가.

유즈루는 고개를 갸웃거렸다.

"그러고 보니, 유즈루 씨."

"응?"

"어젯밤…… 저를 끌어안았죠."

유즈루의 심장이 크게 뛰었다.

물론 유즈루 본인은 아리사를 끌어안은 기억은 없었다.

하지만 다음 날 아침, 아리사를 안고서 자고 있던 것은 사실이었다.

"아니…… 베개가 다르면 잠을 잘 못 자서."

"……정말인가요? 사실은 깨어 있던 거 아닌가요?"

"……설마."

자고 있는 아리사를 끌어안다니, 그럴 리가 없다……고까지는 말할 수 없었다.

작은 장난이라면 과거에 몇 번이나 저지른 적이 있었다.

"해도, 된다고요?"

"저기…… 뭘?"

"끌어안아도…… 유즈루 씨가 저를 끌어안고 싶다면, 끌어안아도 돼요."

그러면서 아리사는 자신의 몸을 유즈루의 몸에 스르륵 문질렀다.

유즈루는 자신의 팔을 뒤덮은 두 언덕이 움직이는 것을 느꼈다.

"그건 기쁜 제안이야."

그러면서도 유즈루는 아리사를 끌어안지는 않았다.

그러자 아리사는 유즈루에게 물었다.

"……끌어안지 않아도 되나요?"

"오늘은…… 괜찮을까 해서."

굳이 묻는다면, 당연히 끌어안고 싶다.

하지만 그런다면, 유즈루의 반응하고 있는 그것이 아리사에게 닿고 만다.

물론 서로 옷은 입고 있으니까 직접 닿는 일은 없겠지만…… 하지만 감촉으로 어찌어찌 알 수 있을 것이다.

아리사가 그것을 알아차리는 것은 싫었다.

"……그런가요."

아리사는 조금 아쉬운 듯, 가라앉은 목소리로 그렇게 말했다.

"아리사."

"예."

"……슬슬 자자."

"알겠어요……."

유즈루의 제안에 아리사는 떨떠름한 목소리로 대답했다.

두 사람은 함께 눈을 감았다.

상대의 체온, 그리고 자신의 심장 고동만이 느껴지는 가운데…….

두 사람은 잠들 수 없는 밤을 보냈다.

※

다음 날 아침.

유즈루는 눈을 떴다.

옆을 봤더니…….

"으, 으一음……."

어제 아침과 마찬가지, 혹은 그 이상의 참상이 벌어진 아리사가 있었다.

어쩐지 유즈루의 뇌리에 『저질렀나』 하는 생각이 먼저 떠올랐다.

물론 그런 일은 안 했지만.

"목욕할까……."

유즈루는 객실 노천탕에 들어가기로 했다.

어제 아침에도 이 노천탕을 이용했으니까 딱히 신선하지는 않았다.

"……후우."

노천탕에 몸을 담그며 유즈루는 깊이 한숨을 내쉬었다.

유즈루는 이 여관에서 어느 정도 만족을 느끼고 있었다.

아리사와 2박 3일을 보내는 것은 즐거웠고, 거리감도 이전보다…… 더욱 연인사이라는 관계에 가까워졌다고 느꼈다.

'하지만 어제는 대체 어떻게 된 걸까?'

그렇지만 어젯밤, 아리사의 갑작스러운 '접근'에 대해서 유즈루는 위화감을 느끼고 있었다.

아리사답지 않다……고까지 말하지는 않겠다.

아리사는 갑자기 대담해질 때가 있었다.

하지만 그럴 때에는 무언가 사정이나 배경이 있다. 예를 들면…… 고열이 났을 때, 라든지.

"……기분 탓일까?"

다만 그런 기분이었다고 그러면 유즈루도 납득할 수밖에 없었다.

누구한테나 다른 사람에게 응석을 부리고 싶어지거나 함께 하고 싶어지거나…… 반대로 그런 기분이 들지 않을 때도 있다.

단순한 기분 변화라고 해버리면 그것뿐이었다.

덜컹.

그때 문이 열리는 소리가 들렸다.

소리가 들린 쪽을 봤더니…….

"에, 에헤헤……."

"아, 아리사?!"

수줍은 미소를 짓는 아리사가 서 있었다.

하얀 수건 같은 것을 몸에 감고 있지만…… 그것 말고는 아무것도 안 입고 있었다.

하얀 쇄골과 어깨, 긴 다리가 수증기 안에서 어렴풋이 보였다.

"어, 아니…… 저, 저기…….."

유즈루는 혼란스러웠다.

그리고 깜짝 놀라는 바람에 일어서 버렸다.

"꺅!"

아리사가 비명을 질렀다.

양손으로 얼굴을 가렸다.

유즈루는 황급히 보여서는 안 되는 부분을 양손으로 가리고, 바로 다시 물에 잠겼다.

"미안해. 어…… 그게, 나는 이미 충분히 몸을 담갔으니까, 나갈게. ……괜찮으면 몸을 반대로 돌려주지 않을래?"

유즈루가 목욕 중인 것을 모르고 들어와 버렸을 것이다.

그렇게 판단한 유즈루는 가능한 한 아리사 쪽을 보지 않으려고 하며 말했다.

한편 아리사는 양손으로 얼굴을 가리며──손가락 사이로 이쪽을 엿보며──대답했다.

"아, 아뇨…… 그럴 필요 없어요."

"아니, 필요 없다고 그래도……."

"제, 제, 제 사정으로 유즈루 씨한테 폐를 끼칠 수도 없으니까!"

말하는 내용과 반대로, 묘하게 강한 목소리로 아리사는 그렇게 말했다.

아무리 봐도 유즈루에게 억지로 밀어붙이는 것처럼 느껴졌다.

"하, 하지만…… 아니, 그게……."

"아, 안심해요! 이, 이건 입욕용 옷이라…… 물에 젖어도 괜찮은 거예요! 여, 여관에서 빌렸어요!"

아리사는 입욕용 옷 가슴께를 끌어당기며 말했다.

보여서는 안 되는 부분이 보일 뻔해서, 유즈루는 황급히 눈을 피했다.

"그, 그렇구나……. 하, 하지만, 나한테는 그런 게 없다고 할까……."

아리사는 충분히 준비했나 보다.

하지만 유즈루는 그런 준비는 하지 않았다. ……물론 마음의 준비도.

아무리 그래도 아리사에게 소중한 부분을 드러내자고 생각할 만큼, 드러내더라도 부끄럽지 않다고 생각할 만큼, 그런 마음가짐이 되었다고 할 수는 없었다.

게다가 지금은 아침.

낮보다도 쉽게 반응하는 곳이기도 해서, 아리사 앞에서 평상심을 유지할 자신은 없었다.

"유, 유즈루 씨 것도 있어요!"

그러면서 아리사는 하얀 수건 같은 것을 들어 보였다.

자세히 보니 버튼 같은 것이 붙어 있었다.

아무래도 초등학생이 수영 수업에 사용하는 것 같은, 랩 타올과 비슷한 구조인 듯했다.

남성용이라서 하반신을 가릴 정도의 크기밖에 안 되지만, 그래도 보여서는 안 되는 부분을 가리기에는 충분했다.

"어, 어떤가요!"

"어떤가요, 라고 그래도……."

얼굴을 새빨갛게 물들인 아리사의 말에 유즈루는 말문이 막혔다.

솔직히 너무나도 갑작스러워서 도저히 마음의 준비가 갖추어지지 않았다.

하지만 "아니, 무리입니다"라고 대답할 수 있을 분위기가 아니었다.

"아, 알았어……."

유즈루는 받아들일 수밖에 없었다.

"……."

"……." '어, 어쩌지…….'

아리사가 욕조로 들어오고 한동안…….

유즈루는 아리사에게서 등을 돌리고 있었다.

이유는 두 가지.

하나는 봐서는 안 될 것 같으니까.

……수영복이 노출도는 더 높은데, 입욕용 옷이 '봐서는 안 되는' 느낌이 들다니 이상한 이야기다.

복장이나 노출도보다는 환경의 문제일 것이다.

또 하나는 유즈루의 남성으로서의 부분이 반응하고 있으니까.

입욕용 옷으로 가리고는 있지만, 아리사 쪽으로 몸을 향하기에는 여러모로 저항감이 있었다.

"유즈루 씨…… 이쪽을, 봐주지 않을래요?"

"아니, 하지만……."

"……유즈루 씨."

유즈루의 등에 부드러운 것이 닿았다.

아리사가 뒤에서 끌어안은 것이었다.

그것을 깨달았을 때, 유즈루는 머리에 전류 같은 무언가가 흐르는 것을 느꼈다.

"아, 아리사…… 저기, 떨어져 줘."

"그럼, 이쪽을 봐요."

그리고 아리사는 조금 슬픈 목소리로 말했다.

"……쓸쓸해요."

약혼자가 이렇게까지 말한다면, 유즈루도 체념할 수밖에 없었다.

"알았어."

유즈루의 말에 아리사는 천천히 떨어졌다.

그리고 유즈루도 천천히, 아리사 쪽으로 돌았다.

"유즈루 씨…… 어떤가요?"

"……예뻐."

유즈루는 솔직한 감상을 입에 담았다.

온천의 열기로 어렴풋이 붉게 상기된 피부는 무척 아름답고, 매끄러웠다.

"그런, 가요……."

아리사는 살짝 표정을 풀었다.

"……기뻐요."

그리고 눈에 호를 그렸다.

짧은 말이지만 유즈루의 찬사가 전해진 듯했다.

"있잖아, 아리사."

"예."

"……어제부터, 어쩐 일이야?"

입욕용 옷이 있다고는 해도, 그렇게나 부끄러워하던 혼욕을 자기가 나서서…… 그것도 억지스럽게 제안한 것이었다.

무언가 있다, 무언가가 있었다고 생각하는 편이 옳을 것이다.

"그게……."

"고민거리, 상담거리, 불만, 불평…… 뭐든 괜찮아. 무슨 일이 있다면…… 이야기해 줘."

유즈루는 똑바로, 아리사의 비취색 눈동자를 바라보며 물었다.

아리사는 살짝 눈빛이 흔들리고…….

"……그게, 하나, 물어보고 싶은 게 있어서."

"응."

"……치하루 씨가 유즈루 씨의, 원래는 약혼자였다는 거, 정말인가요?"

치하루가 유즈루의 원래 약혼자?

유즈루는 무슨 이야기일까, 고개를 갸웃거렸다.

적어도 유즈루와 치하루는 사랑하는 사이가 아니고, 약

혼을 한 적도 없다.

"그걸 누구한테?"

"주인분이…… 약혼자 후보라고, 소개받았다고……."

"아아—."

하나 짚이는 바가 있었다.

그렇구나, 유즈루는 납득했다.

"옛날에, 내가 초등학교 들어갔을까 정도의 시기에, 그런 이야기가 나왔다는 건 들은 적이 있어."

"그럼…… 사실인가요?"

"사실이라고 할까…… 부모님들끼리 적당히 이야기했을 뿐이지, 약혼까지 이야기가 가진 않았어."

"그런가요……?"

그렇게 묻는 아리사는 조금 불안해 보였다.

지금은 불안을 풀어주기 위해서라도 처음부터 이야기하는 편이 낫겠다고 유즈루는 판단했다.

"타카세가와하고 우에니시는 사이가 나쁘다는 건, 알고 있지?"

"예, 뭐."

"그러니까 양가의 아들과 딸을 이어주면 사이도 좋아지겠다고…… 우리 아버지랑 치하루 어머니는, 생각했어. ……생각했을 뿐이지만."

그렇다, 생각했을 뿐이다.

무척 초반 단계에서 그 계획은 자연 소멸된 것이다.

"……어째서 약혼까지 가지 않았나요?"

"뭐, 가장 먼저 양가의 사이가 지나치게 나빴던 게 원인일까. ……아버지 세대라면 몰라도, 할아버지 세대는 싫어했대."

나는 우에니시의 피를 이은 증손 따윈, 보고 싶지 않다.

미간을 찌푸리며 그렇게 말했다나, 안 했다나…….

어쨌든 조부모 세대의 반발이 무척 강했던 것이다.

"둘째로…… 이쪽이 주된 이유인데, 원래 치하루는, 그보다도 치하루네 어머니는 우에니시의 후계자가 아니었거든. 하지만 이런저런 복잡한 일이 있고 후계자 자리에 올라서…… 결과적으로 치하루가 우에니시의 후계자가 되었으니까…… 아무리 그래도, 말이지?"

유즈루도 치하루도 각자의 일족 차기 후계자다.

결혼한다면 둘 중 누군가가 내려와야만 한다.

유즈루의 아버지도 치하루의 어머니도, 서로의 아이를 후계자 자리에서 내릴 생각은 요만큼도 없었다.

"게다가…… 그게, 뭐라고 할까. 그 정도로 약혼자 후보라고 한다면, 그야말로 몇 명이나…… 열 명 이상은 있겠지. 그러니까…… 지금도 과거에도, 치하루가 특별히 어쩌고 할 일은 없어."

유즈루는 그렇게 단언하고는…….

덧붙이듯이 이어서 말했다.

"그중에서…… 우리 아버지가, 할아버지가…… 그리고

무엇보다도 내가 고른 게, 너야. 너 이상의 약혼자는 이 세상에 없어. 그러니까…… 안심해."

치하루를 포함해서 그 밖의 여성에게 유즈루를 빼앗기지는 않을까…….

그런 불안을 품고 있지는 않느냐고 생각한 유즈루는, 아리사에게 다정하게 그리 말했다.

"그런……가요. 그렇군요……."

아리사는 어딘가 납득한 것 같은, 조금 안심한 것 같은 모습으로 중얼거렸다.

"……괜찮아요. 저도…… 유즈루 씨와 치하루 씨가, 새삼스럽게 어떻게 된다고 생각한 건 아니에요. 그저……."

"……그저?"

"유즈루 씨한테 미움을 받고 싶지는 않다고, 그렇게, 생각했어요. 계속 약혼자로 있고 싶다고……."

"나는 너를 싫어하거나 그러지 않아."

유즈루는 단언하듯이, 분명하게 그리 말했다.

하지만 아리사는 고개를 가로저었다.

"아뇨, 그게…… 뭐라고 할까, 유즈루 씨를 의심하는 건 아니에요."

"그럼, 뭐가……."

"……그게, 제가, 무기력하니까요."

아리사는 작은 목소리로 자학하듯 말했다.

"……무기력해?"

"키스도…… 변변히 못 하잖아요. 부끄럼만 타고…….."

낙담한 듯 아리사는 말했다.

스스로를 책망하는 것처럼도 느껴졌다.

"그러니까, 유즈루 씨가 짜증을 느끼지는 않을까…… 불안하고, 걱정했어요."

"그런, 가…….."

유즈루가 짜증을 느끼지는 않느냐는 불안과 걱정.

유즈루에게 미움을 받고 싶지 않다는 마음.

그런 아리사의 마음에는…… 유즈루도 강하게 공감할 수 있는 것이 있었다.

"무기력했던 건, 내 쪽이야."

유즈루는 토해내듯이 말했다.

그러자 아리사는 놀라서 고개를 들었다.

"……유즈루 씨?"

"미안해. 계속, 너무 우유부단했지?"

유즈루는 우유부단하고 무기력했다.

게다가 그 사실을 깨닫지 못했다.

스스로 깨닫고 개선하려던 아리사와는 무척 달랐다.

"무, 무슨! 아니에요…… 유즈루 씨는 다정하고, 저를 배려해 주고…….."

"아니야."

아리사의 옹호를 유즈루는 부정했다.

동정. 배려.

확실히 유즈루는 그것을 이유로, 아리사와의 스킨십을 단념한 적이 있었다.

아리사가 조금이라도 주저한다면, 부끄럽다고 생각한다면, 해서는 안 된다고.

……그것은 그저 핑계다.

"너한테 미움을 받는 게 무서웠어."

모든 일은 그것이 이유였다.

아리사에게 미움을 받고 싶지 않다.

그렇게 생각하는 만큼 겁쟁이가 되어서 자신의 의지를, 욕구를 제대로 아리사에게 전하지 않았다.

애매한 대답으로 얼버무렸다.

그것뿐인가, "아리사를 배려해서……" 같은 변명을 거듭하며 책임을 그녀에게 전가했다.

"확실히 말할게, 아리사."

유즈루는 그러면서 아리사의 하얀 어깨를 붙잡았다.

"아, 예."

움찔, 아리사의 몸이 떨렸다.

"나는 네가 좋아."

"아, 알아요."

"그러니까, 키스하고 싶어. 언젠가 하고 싶다든지 그런 게 아니야. 가능하다면 하고 싶다든지 그런 게 아니야. 지금 당장 하고 싶어. 사실은 정말로 하고 싶어서 참을 수가 없어."

"그, 그랬, 나요…… 그건, 그렇겠죠."

부끄러운 듯, 곤란한 듯…….

아리사는 피부를 장밋빛으로 물들이며 시선을 피했다.

이런 표정을 마주하면 유즈루는 아무래도 한 걸음 물러나고 싶어진다.

하지만 동시에…… 어떻게든 다가가고 싶어지기도 한다.

"혼욕도 하고 싶다 생각했어. 네가 들어와 줬을 때는 놀랐지만, 기쁘다고 생각한 것도 솔직한 기분이야. 그리고 지금은 이 옷도 방해라고 생각해."

"어, 아, 아니, 이건 아무리 그래도……."

아리사는 그러면서 부끄러운 듯 몸을 끌어안았다.

그녀는 자각하고 있을까?

그런 별것 아닌 동작이, 남자를 유혹하는 것이다.

"그보다도, 그, 그게, 유즈루 씨. 가, 가까워요…… 게, 게다가, 그게…… 다, 닿고 있으니까……."

"이, 이건……."

아리사의 그런 지적에 유즈루는 살짝 허둥댔다.

하지만 고개를 가로저어 망설임을 날려버렸다.

"이건…… 그게, 널 앞에 두면, 자연스레 그렇게 되는 거야. 저항할 수 있는 게 아냐."

"그, 그런가요?"

"그래. 네가 매력적이니까. 그러니까, 그게……."

무어라 말하는 것이 적절할지 단어를 골랐다.

"……용서해 줘."

"아, 예…… 괘, 괜찮아요. 그 점에서는 저도 이해……한다고 생각해요. 아, 안심해요."

"……그런가."

"아, 예. 게다가……."

"게다가?"

"저, 저도…… 기, 기쁘다고 생각하지 않는 것도, 아니에요."

아리사는 고개를 돌리며 말했다.

그리고 퍼뜩 놀란 얼굴로, 변명하듯 빠른 말투로 말하기 시작했다.

"그, 그게 말이죠…… 애, 애당초, 제 맨살을 보고, 아무것도 안 느낀다는 건…… 저, 저도 상처받아요! 매력은 없는 것보다, 있는 게 나아요!"

아리사는 몇 번이고 끄덕이며 그렇게 말했다.

유즈루로서는 살짝 안심이 되는 기분이었다.

……다만 아리사에게 이해를 얻었다고 해서 완전히 드러낼 생각은 전혀 없지만.

유즈루에게도 부끄럽다는 기분은 있었다.

"그, 그래서…… 아리사."

"아, 예."

"……지금, 키스하고 싶은데, 괜찮을까?"

"지, 지금 말인가요?!"

"어, 어어…… 하고 싶어. 하게 해줘."

유즈루는 아리사의 비취색 눈동자를 가만히 바라봤다.

그리고 시선을 헤매는 아리사에게, 가능한 한 차분한 말투로 말했다.

"네게 상처를 주고 싶지 않다는 마음은 정말이야. 하지만, 하고 싶다는 마음도 정말이야. 그러니까……."

욕구 그대로 행동하려는 몸을 이성으로 억누른다.

욕구와 이성의 타협점을 찾으며 말을 고르고, 그것을 언어화한다.

"아리사가 노력할 수 있다면, 노력해 줬으면 좋겠어. ……날 위해서."

결국에 연인이고 싶다, 약혼자이고 싶다, 결혼하고 싶다, 맺어지고 싶다, 겹치고 싶다는 마음은, 모두 유즈루의 욕구이자 자기중심적인 마음이다.

바로 그렇기에 자신을 위해 노력해 달라고…… 부탁할 수밖에 없다.

"그런, 가요. ……유즈루 씨를 위해서."

아리사는 가만히 유즈루의 눈을 바라봤다.

비취색 눈동자 안에 유즈루의 얼굴이 비쳤다.

"저도 부탁해도 될까요?"

"응."

"저는 근성이 없으니까…… 그게, 단숨에 해주는 편이, 그, 안 부끄러울까…… 해서요. 그러니까, 그게…… 유즈루 씨 쪽에서 먼저, 부탁할게요. ······제가 바라는 거예요."

"알았어."

날 위해서.

내 바람.

두 사람의 마음은 겹쳐졌다.

"아리사······."

"······유즈루 씨."

유즈루는 다시금 아리사의 어깨를 붙잡고, 아리사의 얼굴을 들여다봤다.

그리고 매끄러운 핑크색 입술에, 천천히 자신의 입술을 가져다 댔다.

아리사는 눈을 꽉 감고, 동시에 몸이 살짝 굳어졌다.

긴장인지, 수줍음인지, 공포인지······ 떨고 있다는 것을 알 수 있었다.

그만두는 편이 나을까······ 그런 망설임이 한순간 고개를 처들었지만, 유즈루는 억지로 그것을 뿌리쳤다.

그리고 아리사도······ 저항하려는 모습을 드러내지는 않았다.

"음······."

"······아."

입술과 입술이 맞닿았다.

시간으로 따지면 1초 정도.

눈 깜짝할 정도의 시간이지만, 두 사람에게는 정신이 아득해질 정도의 시간이 지났다.

천천히, 입술과 입술이 떨어졌다.

"후우……."

"……하아."

그리고 숨 쉬는 것을 떠올리고, 거칠게 숨을 내뱉었다.

서로 호흡을 가다듬은 타이밍에, 두 사람은 말했다.

"했구나."

"했어요."

확인하듯 그렇게 말했다.

그리고 두 사람은 가만히 마주 봤다.

"……다음은 제 쪽에서, 괜찮을까요?"

"할 수 있겠어?"

"할게요."

아리사의 말에 유즈루는 눈을 감았다.

어둠 속, 아리사가 다가오는 것을 유즈루는 느꼈다.

그리고…… 입술에 부드러운 것이 닿았다.

"했구나."

"했어요."

두 사람은 함께 웃었다.

오늘, 이 날, 이 때.

유즈루와 아리사는 연인으로서, 약혼자로서 중요한 한 걸음을 내디뎠다.

맞선 보고 싶지 않아서

억지스러운 조건을 달았더니

동급생이 온 일에 대해서

돌아오는 신칸센에서.

"즐거웠어요."

"그러네."

유즈루와 아리사는 여행의 추억을 돌아보며 절실하게
이야기했다.

2박 3일이라는 짧은 시간이었지만, 두 사람에게는 의미
가 있는 여행이 되었다.

"그런데 아리사, 너는 뭐라고 할까…… 갑자기 대담해지
는구나?"

유즈루는 쓴웃음을 지으며 그렇게 말했다.

평소에는 조신하면서 갑자기 적극적이 될 때가 있다.

마음이나 기분의 오르내리는 편차가 큰 타입……이라는
느낌일까?

다만 그럴 때에는 기쁜 일이 있거나 불안한 일이 있거
나, 그렇게 무언가 이유가 있어서 그렇다지만.

"유, 유즈루 씨도 같은 말을 하네요……."

"……누군가한테 비슷한 말을 들었어?"

"예? 아, 아니…… 어땠는지, 잊어버렸어요."

아리사는 그러면서 노골적으로 시선을 피했다.

얼버무리는 것이 너무나도 서툴러서 유즈루는 쓴웃음 짓고 말았다.

다만 아리사로서는 얼버무려야만 하는 이유가 있었다.

……아야카와 치하루에게 지적을 받았다고 이야기하려면, 수영장에서 유즈루를 유혹했다는 이야기도 해야만 하니까.

"뭐, 상관은 없지만."

"……말해 두겠는데, 제가 그렇게 되는 건 유즈루 씨 앞에 있을 때뿐이니까요!"

아리사는 입술을 삐죽이며 그렇게 주장했다.

평소부터 침울하거나 기쁘거나, 그러지는 않는다고 주장했다.

물론 유즈루도 그것은 알고 있었다.

확실히 이전보다 미소가 늘었지만, 남들 앞에서는 '쿨한 유키시로 아리사'는 건재했다.

아리사가 귀엽게 행동하는 것은 어디까지나 유즈루 앞에서만.

그만큼 유즈루에게 마음을 허락해준다는 의미였다.

"흠…… 내 앞이라면 이상해져 버린다는 건, 어떤 느낌이야?"

반쯤 놀리는 기분으로 유즈루는 그렇게 물어봤다.

그러자 아리사는 턱에 손을 대고 진지한 표정으로 생각

했다.

"예? 뭐, 그러네요…… 유즈루 씨 앞에서는 그만 일희일비하고 마는, 그런 느낌이에요."

그러더니 아리사는 작게 움츠러들었다.

스스로 말해놓고는 조금 부끄러운 이야기라고 생각했을 것이다.

"그렇게 말해주니 기뻐, 아리사."

"……알았다면, 됐어요."

핵, 아리사는 유즈루에게서 고개를 돌렸다.

조금 토라진 모양이었다.

다만 연기라는 사실을 아는 유즈루는 딱히 신경 쓰지 않고 계속 이야기했다.

"그러고 보니 아리사로서는 키스보다도 혼욕 쪽이 부끄럽지 않았을까?"

키스는 못 한다.

하지만 혼욕을 하거나 같은 이불에서 자자는 이야기는 본인이 먼저 할 수 있다.

그러니 아리사에게는 키스가 더 허들이 높은 것이었다.

다만 이것은 사람에 따라 제각각인 정조관념에 좌우되는 일이지만.

"그건 뭐…… 입욕용 옷이 있었으니까요. 수영복을 입고 수영장에 들어가는 게 보통인 이상, 입용욕 옷을 입고 연인과 혼욕하는 건…… 보통이에요."

"그도 그런가."

어디까지나 혼욕, 목욕이라는 단어가 감각을 어지럽힐 뿐이다.

조금 따듯한 수영장이라고 생각하면, 저항감이 희박해진다고 하면 그 말대로.

"그럼…… 입욕용 옷이 없었다면, 키스보다도 허들은 높았다?"

"그건…… 아, 알몸이라는 거죠? 당연하잖아요!"

"그렇다면 다음 목표는 그런 옷 없이 혼욕인가."

유즈루는 별생각 없이 그렇게 말했다.

그러자 아리사의 표정이 굳어졌다.

"저…… 저기, 다음 목표라니, 뭔가요?"

"제대로 된 키스도 했잖아? 그렇다면 다음으로 무엇을 목표로 할까 해서."

"따, 딱히 억지로 목표를 세울 필요는 없지 않나요?"

"그건 그렇지만……."

유즈루는 잠시 생각한 뒤, 솔직한 심정을 말했다.

"……같이 목욕, 해보고 싶거든."

"그, 그런가요."

"아리사는…… 역시, 싫어?"

"아니, 그게…… 싫다고 하면, 어폐가 있지만……."

아리사는 살짝 말끝을 흐렸다.

유즈루에게 상처 주지 않을 말을 찾는 것일지도 모른다.

"역시 아무리 그래도 알몸을 드러내는 건, 너무 부끄러우려나⋯⋯."

"⋯⋯그것도 있지만요."

"다른 이유가⋯⋯?"

유즈루의 물음에 아리사는 작게 끄덕였다.

"그게, 말이죠⋯⋯. 유즈루 씨도, 그, 알몸이 되는 거잖아요?"

"그건 뭐⋯⋯."

"⋯⋯그게, 직시할 자신이 없어요."

자신의 알몸을 드러내는 것보다도 유즈루의 알몸을 보는 것이 부끄럽다나.

그 마음은 모를 것도 아니지만⋯⋯.

"⋯⋯아리사는 내 알몸, 별로 안 보고 싶어?"

"예? 아, 아니⋯⋯ 어, 어떨까요?"

"대답하기 힘든가. 아니, 미안해."

유즈루는 쓴웃음 지었다.

별로 안 보고 싶다고 생각하더라도 유즈루 앞에서 '보고 싶지 않다'라고 대답하기는 어려울 것이다.

반대로 보고 싶다고 생각하더라도⋯⋯ 아리사의 성격으로는 '보고 싶다'라고 솔직하게 대답하는 것에는 저항감이 있다는 것도 상상할 수 있었다.

"아직 먼 이야기네."

"그, 그래요! 이런 건⋯⋯ 조금씩, 나아갈 일이에요."

"알고 있어. 안심해. 아무리 혼욕을 하고 싶어도, 갑자기 알몸으로 욕조에 들어가진 않으니까. ……누구처럼."

"그, 그 말은! 마, 마치 제가, 혼욕을 하고 싶어서 불법 침입한 변태 같잖아요!"

"아니, 온전히 틀린 말은 아닌 것 같은데……."

"틀린 말이에요!"

찰싹찰싹 아리사는 유즈루의 가슴팍을 때렸다.

유즈루는 미안하다고 사과하며 아리사를 손으로 부드럽게 말렸다.

"뭐, 하지만 있지, 아리사."

"……뭔가요?"

"언젠가는 하고 싶다, 그렇게 생각하니까."

언젠가는 반드시 하겠다.

유즈루가 강하게 그리 선언하자 아리사는 조금 붉은 얼굴로 작게 끄덕였다.

"게다가 그 너머도."

덧붙이듯이 유즈루는 그렇게 말했다.

그러자 아리사의 얼굴이 더더욱…… 귀까지 새빨갛게 물들었다.

"그, 그 너머라니…… 뭐, 뭐 말인가요?!"

"그건 상상에 맡길게."

"……유즈루 씨, 야해요."

아리사는 그러면서 유즈루를 노려봤다.

"야한 상상을 했어?"

"아니에요. ……유즈루 씨는 야한 사람이니까, 어차피 야한 일일 거라고…… 고찰했어요. 상상한 게 아니에요."

"너무하네……."

유즈루는 쓴웃음을 지었다.

그래도…….

"뭐, 틀린 말은 아니지만."

"정말이지, 부끄러워하지도 않고, 이 사람은…… 솔직해지는 것도 정도라는 게 있으니까요?"

아리사는 그러면서 유즈루를 나무라고……

유즈루는 어깨를 으쓱였다.

그리고 두 사람은 서로 마주 보고, 즐겁게 웃었다.

맞선 보고 싶지 않아서

억지스러운 조건을 달았더니

동급생이 온 일에 대해서

유키시로 아리사의 바람

어느 날 점심시간.

"좋아해요, 유키시로 씨! 저랑 사귀어 주세요!!"

"……미안해요."

유키시로 가문 영애, 유키시로 아리사는…….

평소처럼 고백을 받고, 그것을 거절했다.

"그, 그런가요. ……미, 미안해요. 저 같은 건, 안 어울리겠죠……."

"아, 아니, 그건……."

"아뇨, 괜찮아요!!"

위로를 건네려던 아리사를 두고, 소년은 울면서 달려가 버렸다.

아리사는 어쩐지 미안하다는 기분으로, 자기 머리카락을 긁적였다.

"여전히…… 인기 있잖아, 유키시로."

그때 갑자기 누군가 말을 걸었다.

그쪽을 돌아보자…….

"……타카세가와 씨인가요."

흑발에 푸른 눈동자의 소년, 타카세가와 유즈루가 그곳

에 서 있었다.

그는 아리사의 첫사랑이자, 그리고 **소꿉친구**다.

"이걸로 통산 서른 번째야. ……꽤나 취향을 가리잖아."

히죽히죽 짓궂은 미소를 짓고, 유즈루는 그렇게 말했다.

아리사는 무심코 울컥한 표정을 지었다.

유즈루는 소꿉친구지만, 결코 아리사와 사이가 좋은 것 은 아니었다.

오히려 그 반대…….

그는 항상 아리사에게 짓궂은 소리만 하는 것이었다.

"……딱히 취향을 가려서 받겠다는 생각은 없어요. 단순 히 연인이 되고 싶다는 생각이 안 드니까, 거절했을 뿐이 에요."

"호오―, 자기한테 어울린다고 여겨지는 남자가 아니었 으니까, 거절했다고?"

"그런 게……."

아리사는 무심코 시선을 피했다.

그러자 유즈루는 천천히 아리사 쪽으로 다가왔다.

"아니면, 혹시……."

스르륵, 머리카락을 쓰다듬었다.

"좋아하는 남자라도, 있어?"

"그만해요!"

아리사는 유즈루의 가슴을 힘껏 밀었다.

유즈루는 크게 휘청거리고 뒤로 물러났다.

……하지만 그의 표정에는 무척 여유가 있었다.

"뭐야, 정곡이야?"

"……당신하고는 관계없어요."

아리사는 그러면서 발길을 돌려 그 자리에서 떠났다.

하지만 등 뒤에서 들리는 목소리는…… 마치 찰싹 달라붙는 것처럼 도무지 떨어지지 않았다.

"도망치지 마, 유키시로 아리사. 네 본성은 제멋대로이고, 고압적이고, 오만하고, 그 탓에 누군가 지켜주지 않으면 제대로 입도 못 여는…… 그런 여자잖아? 너는."

어느샌가 그것은 아리사의 목소리로 바뀌어 있었다.

"이봐, 유키시로."

"히얏!"

갑자기 누군가 어깨를 두드려서 아리사는 무심코 소리 높였다.

뒤를 돌아보자…… 놀란 표정의 유즈루가 서 있었다.

"갑자기 이상한 소리 내지 마."

"……미, 미안해요."

아리사는 가볍게 사과하고…… 주위를 둘러봤다.

그곳은 방과 후의 교실이었다.

창 밖에서는 학생들이 부 활동에 매진하는 목소리가 들렸다.

"……무슨 일인가요?"

"할 이야기가 있어. 따라와."

유즈루의 말에 아리사는 순순히 끄덕였다.

……어쩐지 유즈루의 말에는 거슬러서는 안 될 것 같았으니까.

"이쯤이면 될까……."

"……저기."

그곳은 체육관 뒤편이었다.

대체 무슨 일이냐며 아리사는 고개를 갸웃거렸다.

"유키시로."

"……예."

유즈루의 말에 아리사는 그를 봤다.

유즈루는 말했다.

"좋아해. 결혼해 줘."

"……예?"

갑작스러운 말에 아리사는 눈을 끔벅거렸다.

그리고 그 의미를 이해하고…… 자신의 얼굴이 갑자기 뜨거워지는 것을 느꼈다.

"가, 갑자기 무슨……."

"갑자기 하는 말이 아니야!"

쿵!

유즈루는 손으로 힘껏 벽을 때렸다.

어느샌가 아리사는 벽으로 몰려 있었다.

"옛날에, 약속했지. 결혼하자고."

"그, 그런 거, 기억⋯⋯."

"딱히 기억하든 못 하든, 아무래도 상관없어."

유즈루는 그러면서 아리사의 얼굴을 들여다봤다.

이마와 이마가 맞닿고, 코와 코가 맞닿을 것만 같은 가까운 거리.

"나랑 결혼해, 아리사."

"시, 싫다고⋯⋯ 한다면?"

아리사의 물음에 유즈루는⋯⋯.

씨익 미소를 지었다.

"억지로라도, 결혼하겠다고 말하게 만들겠어."

유즈루는 살며시 아리사의 귓가에 그렇게 속삭였다.

아리사는 몸의 힘이 빠지는 것을 느꼈다.

"⋯⋯이런."

꾸욱, 아리사는 아래쪽에서 몸이 들리는 것을 느꼈다.

유즈루가 무릎을 써서 억지로 아리사의 몸을 받친 것이었다.

"그, 그만, 해요⋯⋯."

"뭘?"

"그, 그게, 닿고 있으니까. 무, 무릎이⋯⋯ 아으⋯⋯."

유즈루가 무릎을 빙글빙글 움직이자 아리사는 참지 못하고 목소리를 흘렸다.

등 뒤는 벽, 정면은 유즈루의 몸에 끼어 있어서 아리사에게 퇴로는 없었다.

"무릎이 어디에 닿고 있지?"

"요, 용서해 줘요……."

"그럼, 제대로 서라고."

아리사는 아기사슴처럼 떨리는 다리에 필사적으로 힘을 주어, 어떻게든 일어섰다.

그런 아리사에게 유즈루는 더더욱 거리를 좁혔다.

아리사의 부드러운 가슴이 유즈루의 두터운 가슴팍으로 짓눌렸다.

"아리사의 머리카락은…… 예쁘네."

머리카락을 다정하게 쓰다듬었다.

그것만으로 아리사는 풀썩 허리에 힘이 빠질 뻔했다.

"아, 안 돼요……."

무심코 아리사는 얼굴을 피했다.

하지만 그것은 무방비한 뺨과 귀를 유즈루에게 내미는 것이나 다름없었다.

"훗……."

"앙……."

귓가에 숨결을 불어넣자 아리사는 참지 못하고 목소리를 흘렸다.

이어서 귀와 뺨에 키스를 했다.

어느샌가 아리사는 모든 체중을 유즈루에게 맡기고 있

었다.

"자, 이쪽을 봐."

억지로 턱을 붙잡고 자기 쪽으로 돌렸다.

그것은 무척 강한 힘이라…… 거스를 수가 없었다.

"유, 유즈루…… 씨?"

"맹세해, 아리사."

유즈루는 강한 말투로 아리사에게 말했다.

"나랑 결혼하겠다고, 맹세해. ……그러면, 용서해 줄게."

"매, 맹세할게요……."

"몸도 마음도 내 것이 되겠어?"

"아, 예. 제, 제 몸도 마음도 전부…… 유, 유즈루 씨 거예요."

아리사가 그렇게 말하자 유즈루는 다정한 미소를 지었다.

조금 전까지 짓궂은 표정이 거짓말 같았다.

"잘했어, 아리사."

칭찬하듯 머리를 쓰다듬었다.

"그럼 아리사. 키스, 할까."

유즈루의 그 말에 아리사는 눈을 부릅떴다.

"아, 아까, 용서해 주겠다고……."

"맹세했잖아? 아리사 건 내 거라고. 그렇다면 내가 아리사한테 뭘 하든…… 아리사는 거스르면 안 되겠지?"

"무, 무슨……."

지독한 횡포를 맞닥뜨리고 말았다.

"자, 아리사. 고개를 들어……."

"아, 아아……."

아리사는 거스르지도 못하고, 고개를 들었다.

그리고…….

"아리사, 아리사……."

"아, 안 돼요. 유, 유즈루 씨…… 그, 그런 난폭한……."

"잠깐, 아리사!"

힘껏 몸을 흔드는 바람에 아리사는 눈을 떴다.

두리번두리번 주위를 살피니 그곳은 신칸센 안이었다.

"안녕, 아리사."

"아, 안녕……하세요."

천천히 의식이 깨어나고, 아리사는 간신히 떠올렸다.

이곳은 온천 여행에서 돌아가는 신칸센이라는 사실을.

"가위에 눌린 모양이던데, 괜찮아?"

"……예? 아, 예. 괘, 괜찮아요!"

아리사는 얼굴을 붉히며 고개를 끄덕끄덕했다.

'그, 그런 꿈, 어째서…….'

아리사는 조금 전까지 꾸던 꿈의 내용을 떠올렸다.

이래서는 마치 유즈루에게 짓궂은 짓을 당하고 싶다는 것 같지 않은가.

"저, 저기…… 유즈루 씨. 저, 혹시 이상한 소리, 하진 않았죠?"

"이상한 소리? 뭐, 딱히 안 했으려나……."

"그, 그런가요. 그렇다면……."

"몸도 마음도 내 것이라고?"

유즈루의 말에 아리사는 얼굴을 귀까지 새빨갛게 물들였다.

"저, 저기, 그건, 그게……."

"몸도 마음도 내 거라면…… 무슨 일이든 해도 되겠지? 아리사."

유즈루는 그러면서 아리사의 얼굴을 들여다봤다.

아리사는…… 움직일 수가 없었다.

유즈루는 아리사의 턱에 손을 대고, 억지로 입술을…….

"헉!"

그때 아리사는 눈을 떴다.

주위를 둘러보니 그곳은 자기 방이었다.

연휴는 끝났고 오늘은 등교일.

"……무슨 꿈이었더라?"

아리사는 고개를 갸웃거렸다.

어쩐지 즐거운 꿈을 꾸고 있었던 것 같았다.

그렇다, 마치 아리사의 망상을 구현한 것 같은…….

"……뭐, 상관없나."

아리사는 총총히 채비를 갖추는 것이었다.

후기

오랜만입니다. 사쿠라기 사쿠라입니다.

본서를 손에 들어주셔서 감사합니다.

어느샌가 4권이 되었습니다.

제 과거 작품의 최장 기록은 4권이니까, 무사히 속간(5권 이후)이 나온다면 기록 갱신입니다.

여기까지 올 수 있었던 것도 여러분의 성원 덕분입니다.

자, 4권의 내용에 대한 이야기입니다만, 이번에는 인터넷 연재본과 비교해서 대폭적인 가필, 변경을 추가하였습니다.

1권부터 3권은 다소의 가필은 있더라도 기본적으로 에피소드 내용은 같았지만, 이번 4권에서는 삼분의 이가 새로운 내용입니다.

그리고 인터넷 연재본에서는 아직 공개하지 않았을 (터인) 정보도, 4권에서는 공개되었습니다.

그런 의미에서 인터넷 연재본 독자 분들께도 만족하실 내용이 되지는 않았을까 생각합니다.

그런데 유즈루와 아리사의 관계 말입니다만, 순풍에 돛 단 것처럼 보이지만 사실은 해결되지 않은 커다란 '지뢰'가 있기도 합니다.

5권 이후로는 그런 부분을 건드리며, 두 사람이 진정한 의미에서 부부가 될 때까지의 흐름을 그릴 수 있기를 바랍니다.

다만 '예정'이니까 바뀔지도 모르겠습니다만…….

그리고 이번 번외편에 대한 이야기입니다.

읽으셨다면 아실 것이라 생각합니다만, 이번에도 IF 스토리입니다.

구조상 본편에 넣을 수도 있으니까 IF라고 할 정도로 IF도 아닐지도 모르겠습니다만.

일단 이번 이야기는, 테마로는 '아리사의 망상 세트'라는 느낌입니다.

풀코스는 아닙니다.

사실은 유즈루가 이런 느낌으로 확 다가올 수도 있겠다고 생각하는 것 같은, 그런 느낌이네요.

일단 말해두자면, 평소의 유즈루에게 불만이 있는 것은 아닙니다.

하지만 달콤한 케이크만 먹으면 아무리 단것을 좋아하는 사람이라도, 가끔은 짭짤한 것을 먹고 싶어지는 것 같은…….

그런 감각이라고 생각해주세요.

그런 아리사의 의외인 (의외가 아닐지도 모르겠지만) 취향이 밝혀지는, 그런 번외편이었습니다.

참고로 번외편의 내용은 '키스를 할 때까지 나갈 수 없는 방'으로 할지, 아슬아슬한 시점까지 고민했습니다.

채용하지 않은 것은 간단히 나갈 수 있겠다고 생각했기 때문입니다.

유즈루와 아리사는 '해야만 하는 이유'가 있다면 이러니 저러니 해도 할 수 있는 인간이라고 생각합니다.

그리고 번외편에서 간단히 키스를 하는 것도 말이 지…… 그렇게 생각하기도 했습니다.

그렇지만 'ㅇㅇ를 할 때까지 나갈 수 없는 방'은 해보고 싶다고 생각하니까, 다른 번외편이나 무언가 기회가 있다면 적어볼 생각입니다.

빠르면 5권 번외편에서 쓰죠.

그러니까 읽고 싶으신 분은 5권 이후의 구입도 잘 부탁드립니다.

아직 분량에는 여유가 있는 모양이니까, 작중의 성 묘사에 대해서 이야기해 볼까 싶습니다.

새삼스럽지만, 작중에서는 주인공이 성적으로 흥분하는 그런 내용이 있습니다.

솔직히 이런 내용은 적으면 안 될 것 같다는 생각도 없지 않습니다.

그래도 일단 적었습니다.

그 이유 말입니다만 '좋아하는 여자애의 매력적인 모습

을 보고 흥분하지 않는 것이 이상하다'라고 생각하기 때문입니다.

그보다도 흥분하지 못한다면, 이미 그건 좋아하지 않는 거 아냐? 라고 생각합니다.

결혼하고 10년도 넘게 지나서 익숙해진 부부라면 다를지도 모르겠지만, 젊은 고등학생이 그건 아니라고 생각합니다.

물론 적지 않는다고 해서 흥분하지 않은 것이 되지는 않는다는 것도 사실입니다.

구태여 적지 않는다는 방침도 있겠죠.

실제로 저도 적지 않은 뒷설정이나 묘사도 있습니다.

다만 적어도 이번 작품에서는, 그런 묘사를 넣기로 하고 있습니다.

'흥분했다는 사실을 상대가 아는 게 부끄럽다'든지 '흥분하게 만드는 건 거북하다' 같은 내용을 적고 싶다고 생각하니까요.

이런 부분에 대해서는 취향의 문제겠네요.

그러니까 다음 작품……이 있을지는 모르겠지만, 어쩌면 다음 작품에서는 쓰지 않을지도 모릅니다.

딱히 신조로 삼아서 반드시 적어야만 한다고 생각할 정도의 내용은 아닙니다.

일단 이번 작품, 특히 4권까지는 그런 방침으로 적었을 뿐인 이야기겠네요.

그리고 제 짧은 인생 경험입니다만, '반응해야만 할 때에 반응하지 않는' 것은 무척 불편합니다.

분위기가 얼어붙습니다. 어색해집니다.

한 번의 행동이 백 번의 말보다 나으니까, 아무리 말을 거듭하더라도 도움이 안 됩니다.

뭐, 유즈루 군이 그런 경험을 하지는 않았으면 하니까, 건강하게 지내도록 하겠습니다.

다음으로 가볍게 선전을 해두겠습니다.

3권에서도 알려 드렸습니다만, 현재 영에이스up에서 본 작품의 만화판이 연재 중입니다.

인터넷으로 검색하면 읽을 수 있을 터이니, 혹시 괜찮으시다면 모쪼록 봐주시기를.

그럼 슬슬 감사의 말씀을 드리겠습니다.

삽화, 캐릭터 디자인을 담당해주고 계시는 clear 님. 이번에도 정말로 멋진 삽화, 커버 일러스트를 그려주셔서 감사합니다.

4권까지 계속될 수 있었던 것은 clear 님 덕분이라고 생각합니다.

또한 이 책의 제작에 관여해주신 모든 분, 무엇보다 이 책을 구입해주신 독자 여러분께 다시금 감사를 드리겠습니다.

그럼 5권에서 또 만날 수 있기를 기도하겠습니다.

OMIAI SHITAKUNAKATTA NODE MURINANDAI NA JOKEN WO TSUKETARA DOKYUSEI GA KITA
KENNITSUITE Vol.4
ⒸSakuragisakura, Clear 2022
First published in Japan in 2022 by KADOKAWA CORPORATION, Tokyo.
Korean translation rights arranged with KADOKAWA CORPORATION, Tokyo.

맞선보고 싶지 않아서 억지스러운 조건을 달았더니
동급생이 온 일에 대해서 4

2023년 8월 15일 1판 1쇄 발행

저   자 사쿠라기사쿠라
일러스트 Clear
옮 긴 이 손종근
발 행 인 유재옥
본 부 장 조병권
담당편집 정지원
편 집 1 팀 김준규 김혜연
편 집 2 팀 정영길 조찬희 박치우 정지원
편 집 3 팀 오준영 이해빈 이소의
편 집 4 팀 전태영 박소연
디 자 인 김보라 박민솔
라이츠담당 김정미 맹미영 이윤서
디 지 털 박상섭 김지연
발 행 처 ㈜소미미디어
제 작 처 코리아피앤피
등   록 제2015-000008호
주   소 서울시 마포구 토정로 222, 403호 (신수동, 한국출판콘텐츠센터)
판   매 ㈜소미미디어
마 케 팅 한민지 최정연 박종욱
물   류 허석용 백철기
전   화 편집부 (070)4164-3962, 3963 기획실 (02)567-3388
         판매 및 마케팅 (070)4165-6888 Fax (02)322-7665

ISBN 979-11-384-7933-2 (04830)
ISBN 979-11-384-0312-2